神奇集

シックスセンス・ファイル

The Sixth Sense File

真名井 拓美

明窓出版

◎神奇集　シックスセンス・ファイル　目次◎

動植物

日常生活

旅

眠りと夢

本

八題噺

動植物

花の放射物

友人が勤務することになった都心の福祉施設を訪れたときのことである。

昼下がりで、おやつが終わったばかりらしかった。フローリングされた広い二、三十畳の室内に、十数人の知的障害の男女がラフにひとかたまりに集まって、ざわざわと無秩序に絶え間なく声を発していた。私は、一ヶ月ほど前にこの施設の新任の長となった友人と並んで室内の一隅のソファに腰掛けて、雑談しながら彼らを眺めていた。

ほどなく、おやつに出たスープだと言って紙コップを二つ、女性職員が私たちに持ってきてくれた。一つずつ手渡しながら、なかに入っている椎茸は敷地内で獲れたものだと言った。正直、（こんな空気の悪いところで……）と思った。スープというより澄まし汁で、底に沈んだ椎茸の切片は笠全体の小ささを示し、ひねこびていた。

ときどき障害者の集団の一人から奇声があがった。それだけで終わらずに暴れそうになると、女性職員が声を上げて制止したり、上背のある若い男性職員が割って入ったりした。

障害者たちの誰も明らかにハイティーン以上だったが、はっきりした年齢は不詳だった。その中の一人の二十代か三十代のショート・カットの女性が、

「このあいだはどうもありがとうございました」

と、初対面の私に目を止めて近づきながら声を掛けてきた。彼女は女性職員にたしなめられた。

私は、睡眠中に肉体を脱け出て霊界に行くことがあると思っているので、ショート・カットの女性とお互いにそういう状態で会った可能性を考えた。

数分経つとショート・カットの女性は、こんどは足を止めたままこちらを向いてまた、

「このあいだはどうもありがとうございました」

と言いかけてきた。どうも、私に話しかけたいために、そう言っているだけのような感じだった。私は二度とも「あぁ、どうも……」と、あいまいに答えを返した。

そのうちに私の頭部が変調をきたしてきた。強くはないけれども重苦しい痛みが包んできた。そのことを友人に告げると、彼は、

「おれは全然なんともないよ……」

と半笑いで呟くように返事した。彼の半笑いは、私が言ったことを疑っていないのを示していた。

私と彼の背後は、ガラス戸を挟んで平坦な庭に面していた。私はなぜともなく庭を振り向いた。椎茸を栽培していたのは別の場所なのか、原木らしきものは、目に入る範囲では見えなかった。

庭は隣家の敷地に三方から塀に区切られて、横に長い長方形をしていた。ほどほどに手入れしてあるが、緑はほとんどなく、空き地同然だった。七、八メートル先の左奥の対角付近に、赤や黄のチューリップ数本と、根元から細い枝を群生させた植物がようやっと見えた。その細い枝には、距離があったのでかたちはよく判らなかったが桃色っぽい小さな花がたくさん付いていた。頭部の痛みがサッと消えるのを感じた。

前に向き直り、男女の障害者たちが発する声や動きに再び感覚を晒《さら》すと、たちまち頭の痛みが戻ってきた。もう一度庭に振り向き、遠い花々のほうに目を向けると、とたんに頭の変調はなくなった。室内へ向き直ると、また頭が痛くなった。振り向いて花々のほうを見ると、やはり、計ったようにすぐさま、痛みが消えた。

私は隣に坐った友人に、面白いほど明確なこの効果のことを小声で告げた。それから、もう十年ほども前にロシア語からの英訳で読んだある秘教的な本に、花の放射物という言葉があったのを思い出した。花からは、人間の心身に滋養のある特別な超物質が放射されているとか書いてあった。

もし、背後の空き地同然な庭を花園にしたなら、障害者たちも職員たちも良い影響を受けるのではと思った。だが、私一人だけの異常な感覚に基づいたそんな提案など受け入れられないだろうと思い、友人にも提言しなかった。十年以上前のことである。

蛾

　もう半世紀以上前のことである。小学生になったからというので、それまで妹といっしょに寝室にしていた離れの、両親の寝室と隣り合った部屋から二階の勉強部屋で寝るようになる何日か前のことだったから、正確にはまだ一年生になっていなかったかもしれない。

　ある晩、二階のその部屋に何かの用事で入った。私は、その部屋の窓敷居のすぐ下の壁土がいつのまにか一部剥落《はくらく》して穴が開いているのを知っていた。その部分を覆う薄い壁紙が半ば破れて浮き、穴の一部が見えていた。破れて浮いた壁紙のその部分の形は、逆三角形をしていた。一辺の長さは七、八センチだった。

　そのとき、どこから入ってきたのか、たまたま窓のほうに向いていた私の前を一匹のかなり大きな蛾が横切って、その壁紙と穴の間に飛び込んだかと思うと、羽をバダバタさせながらもがくのを見た。その間、蛾の胴は壁紙からはみ出て見えていたが、その太さは大人の指くらいあった。

　やがて蛾はなんとか穴の奥に押し入った。私は、蛾は穴の奥の外の闇へ向けて出て行ったものと思った。蛾は、部屋のこちら側に出て来なかったから。しかしあとで穴の大きさをよく見てみると、あの蛾がすっぽり入るほど広くはなかった。それに穴は、外へ筒抜けになっていたわけではなく、補強のために幅と薄さがきしめんくらいの竹材が網目をつくっていた。それならあの蛾はいったいどこへ行ったのだろう。あの穴のなかで消えてしまったとしか思えなかった。それとも、幻を見ていただけだったのだろうか。しかし私は、蛾の太い胴が薄い壁紙に挟まれてもがいたさまをはっきりと見ていた。

その後、何十年と経つうちに、あの不可思議な目撃体験のことをときどき思い出しては、そのたびに狐につままれたような感じにとらわれた。

ある日、松谷みよ子編の十二巻からなる『現代民話考』（筑摩書房刊）の一巻を街の書店で買った。その一巻は死に関する民話を集めていたが、「死の知らせ」と題した章の、鳥や蝶が出てくる話のなかに、北海道函館に住む人の祖母が死ぬとき、親戚の家に見たことのない大きな蛾が窓のところで羽をバタバタやっていて、窓を開けて追い払おうとしても逃げず、そのうち仏壇のほうへ飛んで行ってスウッと消えたという話があった。

小学一年生のころ見たあの蛾のことをすぐさま思い出した。蛾に関する話はもう一つ、次のページにも載っていた。群馬県水上町の人妻が、出征した夫の死を夢のなかで知った。夜になると、家のなかにきれいな蛾が三匹現われて、子ども二人の頭の上を、上へ下へと飛んだ。朝起きると、三匹の蛾は柱に等間隔に止まっていた。そして夜が来ると、また子ども二人の頭の上を飛び、戦死の公報が来るまで、毎夜、つづいたという。

私は子どものころ見たあの蛾も、同じ種類の現象だと思った。私があの蛾を見た近日中に肉親や親類が死んだわけではなかったが。しかし、考えをめぐらすうちに、そういえばと思える経験をしていたと思い出した。蛾を見た近日中ではなく、一、二ヶ月も経ってからだったが、夜、布団のなかで就寝しようとすると、生まれる前の胎児だったころの記憶が浮上してきて意識を覆いはじめたのだった。幼かった私はそのことに苦悩し、記憶を意識的に抑圧した。ただそれが、『現代民話考』に収録されていた事例とどんな共通性があるのか、なかなか把握できなかった。蛾が壁の穴でもがいたのと、胎児だったころの記憶に苦しんだこととの間に漠然とつながりを感じたが。

答えが見えてきたように思えたのは、半年ほど経ってからだった。

人が死ぬときその人のそれまでの人生の記憶の映像が走馬灯のように眼前を過ぎていくのを見るという説がある。神智学やシュタイナーが言っていることである。溺れて死にかけたとき同様な記憶が目の前に展開したというのは、ときどき聞いたり読んだりすることである。私が幼時にあの蛾を見てからしばらくして、胎児だったころの記憶が浮上してきた。つまり、蛾の出現と記憶想起とはシンクロしていると考えられる。『現代民話考』でのあれらの蛾の出現も、死につつあった人に展開されていた人生の記憶とシンクロしていたと考えられる。

シュタイナーは、記憶はエーテル体に蓄えられていると言っている。エーテル体とは生命体とも呼ばれ、肉体に浸透しそれと重なり合って存在する、目に見えない身体性だが、人の死とともに崩壊していくと言われる。この崩壊に伴って、エーテル体に蓄えられた記憶内容が、死にゆく人の眼前に展開されるということなのではないだろうか。

それなら、胎児のころの記憶が浮上した私のあの場合はどう説明できるだろう。まず考えられるのは、胎児のころの記憶も一般的な人生の枠の外であるという点で死ぬ時と共通しているということとである。ただ、胎児のころの記憶内容と生後の人生の記憶とはエーテル体との結合の具合が異なっているのではと想像される。

シュタイナーは、エーテル体は死によって崩壊するがそのエッセンスは残りつづけると言っている。つまり、人が死ぬとき眼前に展開する記憶内容はそのまま拡散してしまうのではなく、そのエーテル体エッセンスに蓄え直され、前世の記憶の基盤になると想像される。胎児のころの記憶が蓄えられるのは、胎児の肉体とともに形成される新しいエーテル体ではなく、前世から持ち越したエーテル体エッセンスということになるだろう。従って、胎児のころの記憶は普通一般の人生の記憶にとっては非地上的なので、そういう非地上的な記憶の展開には、蛾という地上から半ば遊離したような生態の生物（の幻像）が同調的に現出したということかもしれない。

『現代民話考』の蛾たちは、該当者の死とほぼ同時的に出現したとみられるが、子どものころの私が蛾を見てから胎児のころの記憶が浮上するまでには何日もの合間があった。このちがいの理由はこうではないか――胎児のころの記憶は、前世からのエーテル体エッセンスに蓄えられていたので一般的な記憶と次元ないし位相が異なっていた。従って、蛾の出現と記憶浮上との間に日数上のズレが生じた、と。

霊魂を意味するギリシャ語のプシュケーは、もともと蝶という意味だそうである。洋の東西を問わない共通性を思わせる。

植物のオーラ、人間のオーラ

十数年前の正月、帰省していた能登の実家での食事時のこと。私の下には弟と妹がいるが、彼らは結婚して既に家を出ていたので、食卓に連なっていたのは私と両親の三人だけだった。私は、皿に盛った千切りのキャベツを指して言った。

「青いなぁ。いい色やなぁ。産地はどこやろ？」

「嬬恋やろいね。スーパーで売っとったんやから」

母親が事も無げに応じた。キャベツが発する新鮮な輝きは、近場で穫れたからだろうと思っていた私には意外だった。嬬恋キャベツなら東京でもいくらでも目にしていた。同じキャベツでも空気のよごれていない田舎だとこうなるのかと私は感心し、

「青いなぁ。物凄く青い」

と繰り返すと、うつむいて箸を動かしていた向かいの母親が、益体《やくたい》もないという感じで目を上げた。いっこうに結婚を考えない私への不満や不機嫌を誘発したようだと私は思いながら、何か薄緑の蛍光のようなものを帯びて見えさえするキャベツへの讃嘆の念は、なかなか衰えなかった。

箸を使ううちに、キャベツへのそんな感想を、前の年に帰省したときの食卓でも自分が発したのを思い出した。そういえば、その前の年もそうだったような気もしてきた。千切りキャベツが青々と蛍光のようなものを帯びて見えたのは、嬬恋キャベツは田舎のきれいな空気に触れて、微光のレ

ヴェルから新鮮さを放射していたのではないかと思った。

要するにキャベツのオーラを、あのときの私は見ていたのだと思う。キャベツのオーラが見えたあの数年は、私のなかで徐々にひそやかに何らかの超生理的な変化が起きつつあったことの間接的なしるしのような気がするのである。

あのころ、こんなことがあったのも思い出す。

新宿駅前を歩いていると、衣料品店の入り口の鴨居に吊り下げてある麻のジャケットが目に入ってきた。色はベージュ系で、何日か前に通り掛かったときにも目に入ってきて、色合いの良さで惹かれていた。私は店員を呼んだ。私より数歳上に見えた。私が指差したジャケットは鴨居に吊るしてあり、その真下一帯は商品や商品棚が占めていて、取りにくかった。店員は腰の高さに同種類のジャケットを揃えて陳列してあるなかから同色の一着を取ると、店のロゴの入った手提げの紙袋を出し、畳んで入れかけた。

「あの鴨居に掛けてあるのが欲しいんですけど」

「同じ色ですよ」

無視するように店員は言った。

「同じようですが、少しちがいますよ」

「同じ色です」

「ちがいますよ。ほら、よく見てくださいよ」

私の目には、二つのジャケットの色合いは微妙ながらもはっきりとちがって見えた。私の指先方向のジャケットに店員は目を当てた。

「そう言われればそんなように見えますけど、光線の加減でしょう」

そうとは思えなかった。おそらくジャケット自体が持っている色合いだった。好ましい深みをたたえていた。

「あれは売りたくないんですか？」

「そんなことないですよ。同じ色なんだから、こっちのほうで構わないじゃないですか」

店員は譲らず、二人の口調はほとんど諍《いさか》い気味になっていた。私は最後通牒《つうちょう》のつもりで言った。

「なら、要らないな。あれじゃないのなら要らないな」

すると店員はようやく、先端が鉤になっている細長い黒ずんだ鉄の棒を店の奥から持ってきて、鴨居のジャケットを下ろした。そして、抑制した怒りを鼻息に滲《にじ》ませながら、二つのジャケットを並べて見にかかった。

私は、ひょっとして単なる光線の加減でちがって見えたのかもしれないとやや怯《ひる》んだ。だが、並べてみたあとも私の目にはやはり明らかにちがっていた。それでもなお店員には同じに見えるのかと懸念していると、彼は言った。

「あぁ、ほんとですね。ちがいますねぇ。染めの具合でしょうかね」

それから十数年経った、数年前のことである。かねがね私は、ルドルフ・シュタイナーの翻訳者である高橋巖氏の生身を一度拝見したいと思っていたが、氏が出演するトーク・ショーが池袋のジュンク堂書店であると知り、席を予約して出かけた。

対談相手は漫画家の萩尾望都女史で、女史がトーク・ショーの進行役だった。女史の漫画作品は、二十年くらい前に短篇を一つ読んだことがあるきりだった。正直に言って、女史への関心はほとんどなかった。高橋氏は八十歳くらいの高齢なので、寄る年波を相応に受けているのかと思っていたら、背筋がスッと伸びて仕種も驚くほど若々しかった。体全体がプラーナを発出しているかのような活動感を帯びており、静座中もそれは持続していた。感銘を受け、シュタイナーの原著との交流がこのような健康をもたらしているのではと思われた。

萩尾氏についても、ちょっと意外感を持った。十年以上前になると思うが、私はNHK教育テレビで氏の姿を一度見たことがあった。女優の大塚寧々が司会をしていた番組にゲスト出演していた。福々しい顔だちと記憶していたが、面差しが変わったように思われた。全体にほっそりしたようにも思われた。福相のしるしのように、眉間に淡い色の大きなほくろがあった。

氏と高橋氏とは旧知の間柄らしいのが、対談が進むにつれて分かった。そのうち、興味深い経験をした。係員に導かれて私が腰を下ろした位置はたまたま、萩尾氏とは二、三メートル隔ててほぼ向かい合うかたちになっていたのも好条件だったのだろう。氏の顔や緑色のジャケットと重なりあいながらそこから少しはみ出る感じで、薄い金色がかった気体状の身体的形体が見えた。常に見えたわけというではなかった。とくに、氏が話している最中に見えた。氏の衣服や肉体とは別に、もう一つの、氏に所属する身体的形状が重なり合って存在していると感じられた。氏の顔と重なり合って、目に見えにくいけれども、もう一つ別の顔があると感じられた。氏が話すのと協調するように、薄い金色がかった身体形体全体も絶えず細かくゆらぐように、脈動するように見えた。

人間のそういう存在形態のことを物の本では読んでいても、実地にこれほど豊かに明確に見えたのは初めてだった。

野鳥たち

実家で暮らすようになって三週間になる。二階の一室で電気ゴタツの天板にパソコンを置いて書いているが、右手のサッシ窓は、小さな雑木林に面している。サッシ窓の手前に障子があるが、日中は外光を入れるためそれを引き、サッシ窓一枚半くらいの幅で外が見えるようにしてある。この透明スクリーンから見える樹木は、左から桜、黒竹の群生、柿、青桐《あおぎり》である。いま桜は満開で、柿と青桐はまだ裸木である。ついさっき、この透明スクリーンの左端に、ハトよりやや小ぶりの鳥が入ってきた。左斜め上の桜の高枝に取り付き、花に半ば隠れながら蜜を吸おうとくねらせた体のかなりの部分が青紫だった。

(まさか！　天然記念物のはずだったが、こんな所に……)

やがて、すぐ目の前の青桐の枝へ飛び移ってきた。私の目よりやや高い位置で、距離は二メートルくらいだった。まちがいなく、ルリカケスだった。真横からの全身を見せて二、三秒止まっていたが、やがて飛び去った。まるで、飛び立つ前に近くから私にちゃんと確認させてくれたかのようだった。ウグイスやヒヨドリやムクドリはこの雑木林の常連で、スズメやカラスも来ることは来るが、まれである。動物園以外でルリカケスを見たのは、六十年の人生で初めてだった。

この話を老母にすると、もう何年も前にはトキが来た時期もあったという。人が集まって来て騒ぐので、やがて来なくなったらしいが。

ルリカケスは私にちゃんと自身を確認させるために近くの枝に止まったように思えたと書いたが、そう思ったのは、別の小鳥が私に対して明瞭に意思的な振舞いを見せたことが以前あったからだろう。ちょっと不面目なようなことを書くのを避けられないが、披露しよう。

数年前のある晴れた午後、場所は都内滝野川の、築四十年のビルの三階にあった私の自宅だった。そのとき私は、B5くらいの大きさの封筒に糊を付けている最中だった。一メートルほど後ろの開いた窓のほうで空気が忙しく振れる音が小さく短くしたなと思うと、ほどなく鳥の鳴き声が聞こえてきた。ビーッ、ビーッ、ビーッ、ビーッとやかましくあまりにいつまでも鳴きつづけたので、思わず振り返った。見たことのない種類のツバメが窓の手すりの金属棒に両肢を踏ん張り、灰色がかった白い腹全体を見せて、私に向かって怒っているように鳴きつづけていた。私が面と向き合っても、〈彼〉の姿勢と鳴き声の大きさ・強さは変わらなかった。その声や、両肢を踏ん張って手すりの金属棒の上に立つ様子だけでなく、私に向けて小さな目から発したまなざしにも感情の強さがあった。〈彼〉は私がしようとしていることをやめるよう告げているのではと感じられた。私はためらった。その数十分前、私はある出版社に電話し、『胎児たちの密儀』の文庫本化の企画を持ち込んでいた。すると、ともかく本を読んでみてからということになり、送ることに決めていた。ツバメの〈忠告〉は、その本を送ることに向けられていると思われた。(やめるなんてできないよ……)そう思って、私は〈彼〉を無視することに決めた。するとその決意が伝わったかのようにまもなく〈彼〉は鳴きやみ、飛び去っていった。

ところで、『胎児たちの密儀』を送ることになったものの、その新本は一冊も手元になかった。自分用に保存していたのが一冊あっただけだった。やや手垢が付いていて、先方はちょっとイヤに感じるかもしれないが、読んでくれないでもないだろうと、たぶん採用は期待できないだろうと思いながらも、それを送ることに決めていた。ツバメが去ったあと、糊付けを終えると、本を封筒に入れた。

二日後、それは返送されてきた。現今の出版産業の不振を理由に挙げた断りの返信が添えられていたが、先方に着いた当日すぐ返送されてきた感触だった。少なくとも全部は読まなかったにちがいなかった。拒絶の直接かつ最大の理由は、新本を送らなかったことだったのではとようやく思われてきた。あのツバメが〈忠告〉したのはどうやら、本を送ることそのものではなく、送る本が新本でなかった点だったらしいと思われてきた。とはいえ、改めて新本を入手して送ってみようとは思わなかったが。

その後近所の区立図書館に行き、鳥類図鑑を調べてみると、あのツバメはどうやらタイワンショウドウツバメで、その名の通り台湾方面に生息するが、日本に居るのは迷鳥だとあった。


以上の文章を書き終えたあと、電気ゴタツに下半身を入れ、仰向けになって休んでいた。目の先、押し入れの上の狭い壁面に、マチスの「ダンス」をカラーコピーして貼り付けた紙が貼ってある。縦十センチ、横二十センチの横長の紙である。裏に、短くちぎった両面テープを二か所だけ貼ってあるが、そのうち片方がはがれて全体が傾いていた。あとで修復しようと、両面テープを手元の引き出しから出しておいた。

それから十分経つか経たないころだった。紙がめくれるような音がしたかと思うと、「ダンス」を貼った紙は、クルククルクルクルと縦回転を機械のように繰り返して宙を斜めに落ちてきながら、寝転んでいる私のほうへ近づいてきた。（えっ⁉）と私は目をみはりながら半身を起こして左手を伸ばすと、それは何かの生き物のように手のなかに入ってきたのである。

木と精霊

埼玉在住の知人の画家千木良さんは、ときどきメールで近作の画像を送ってくれる。五月下旬に受信した「合流点の春」という絵が、画境の深まりを示してとても良かったので所感を返信すると、かなり気に入っている近作というコメントをつけて「ひかる木」という絵の画像が折り返し千木良さんから送信されてきた。目に入ったとたん、美に照らされるような感じがした。

絵に描かれている木の幹と、地面に近い位置から分かれている、幹と同じほどの太さの枝は、ポーズを取った人体の下肢のように見えた。するとやがて、梢に人の顔のような形体が見えてきた。細枝がお椀状に円くなっている箇所が人の顎のようで、顎の上部には、二個の目玉のような形状も見えてきた。そして顔の下部にひろがる白い枝の集合全体はさながら、顔の持ち主が大きくひろげた羽根のようだった。

私はそんなふうに見えたことをメールに書いて千木良さんに送信した。この絵に表われている霊的存在に千木良さんは無意識的に誘導されて、絵を構成したのではという意味の言葉も添えた。そういう考えは千木良さんには受け容れがたいか、不快かもしれないとは思ったけれど。

千木良さんの絵からこの種の表われを感じたのはこれが初めてではなかった。一年ほど前にも、山中の小屋のそばに立つ木の全体的な形状や色彩の輝きがフェニックスかサラマンドラのような存在性を放散しているように見え、メールで報告したことがあった。千木良さんの画境の深まりは数年前からはじまっていて、そのことと、千木良さんの絵から霊的存在が感じられるようになったこととはリンクしているように思われるのである。

千木良さんも私に、その種の存在が見えたように思えたことがあり、それを定着しようとした絵のことを教えて下さったこともあった。春の川辺を描いた小さな絵だった。

「ひかる木」についての所感を千木良さんにメールしてから二週間あまり経ったころである。池川明氏は胎内記憶の研究の国内での第一人者だが、インターネットの氏のサイトで、胎内記憶を持つ美鈴という人の本『あの世のひみつ』（徳間書店刊）を挙げていたのを一ヶ月ほど前に目にしていた。それ以前に池川氏からいただいた冊子でも『あの世のひみつ』が挙げられていて、タイトルからして著者は霊界の記憶も持っているらしく、私のほうも天界の記憶を書いた『見えない次元』をつい一、二ヶ月前に出していたこともあって、この際読んでおこうと思った。

読むうちに著者は幼時から霊能をそなえていた人だと知った。第3章では精霊（自然霊）のことが述べられていて、大きな木に宿る精霊はチャーミングで、木を人の形にして見せたりするとあり、著者が見た実例（体操選手やピースサインをするオジサン）も挙げられていた。千木良さんの「ひかる木」について私が感じ、考えたこととちょうど符合する言葉だった。千木良さんはモデルとなった木を描きながら、同時に精霊によってあのような人形を見せられていたのではないだろうか。

以前、福島第一原発の建屋外壁の白い千切れ模様のようなデザイン表現には精霊が警告的に関与していたのではとの考えを別のところで書いたが、あの、さながら建屋破砕《はさい》の象徴のようなデザインは、精霊がデザイナーを介して「見せた」ものと言い換えてもいいのではないか。

『あの世のひみつ』の同じページには、私自身がかつて経験したことを連想させた文章もあった。もう四半世紀ほども前のことだが、吉祥寺駅近くの花屋の店先を通ったとき、宙に吊してある小さな観葉植物の鉢の隣の空間に、その観葉植物とほぼ同じ大きさの透明な形状をぼんやりと感じたことがあった。鉢は、私の顔とほぼ同じ高さに吊るされてあった。毎日の通り道だったので、それからは意識して、その観葉植物のすぐそばを通るようにして、そのぼんやりした形状を感じ取ったものだった。この経験は、ある短篇小説に組み入れたこともあった。

『あの世のひみつ』の著者は、精霊が多く居るのは自然のなかだが、都会にもピュアな人のそばや観葉植物のそばに現れることがあるとも書いていた。

かつて吉祥寺駅近くの花屋の店頭に吊るしてあった観葉植物の隣の空間から私がぼんやり感知したのは、目に見えない植物のように長らく思っていたが、植物に付いた精霊のすがただったのかもしれない。

以上の文章は私のサイトに載せたが、「ひかる木」の画像も一緒に添えた。千木良さんには事後承諾のかたちになったが、メールでお知らせした。すると翌日、千木良さんから返信があった。あの絵のモデルになった木は、かつて修験道がおこなわれていた奥武蔵の四寸道という古道を歩いていたとき目に入ってきた木で、「何かが宿って喜んでいるのが、見えました」と述べてあった。

岩茶《がんちゃ》奇譚

目黒駅のホームから山手線に乗り込み、見つけた空席に腰を下ろしてほどなく電車が動きはじめた。そのとき、経験したこともない現象が不意にはじまった。頭のなかのあちこちで、粒状の花火のようなものが幾つも、次々とパチパチ爆ぜた。

脳の血管が破けたのかとパニックになりかけたが、パチパチには微かに快感があった。ほどなくこの現象は立ち消え、あとは何も起きなかった。悪化の気配もどうやらなさそうだった。私は、当時山手通り沿いに店を構えていた岩茶房で岩茶を飲んだあと、権之助坂を上って目黒駅まで歩いてきたところだった。岩茶とはウーロン茶だが、世界遺産にも指定されている中国福建省武夷山《ぶいさん》の岩場に自然成育する茶樹から収穫されるので、岩茶と特称されている。ミネラル分が多く、薬効に富む。

その日飲んだのは白毛猴《はくもうこう》という品種だった。ちなみに猴は猿のことで、従って白毛猴は白猿のことになる。数ヶ月前から岩茶房にときどき通って、既に何種類もの品種の岩茶を飲んでいたが、その日初めて白毛猴を試してみた。おそらく、白毛猴が含んでいた成分が原因にちがいなかった。それ以前にも別の品種で特別な効果が現れた経験をしていたので、確かだと思った。

毛沢東が愛飲したという大紅袍《だいこうほう》を初めて飲んだときも十分ほどしてから効果が現れた。脳内がカーンと冴え渡った感覚が数時間も持続した。途中三十分ほどは、金色の微光が頭の中や周りにたゆたっている感じで、恍惚境というべき状態だった。畏怖を覚えたほど強烈な効果だった。とても高価なのでその後一度も飲んでいないが、再び飲んで同じ効果が現れるかどうかはわからない。ある程度減弱するのではと思っている。

白毛猴をあの二、三週間後に自分で淹れて飲んでみると、最初のときに比べたら無いに等しい効果しか、頭のなかに起きなかった。白瑞香《はくずいこう》という品種を初めて飲んだときも、白毛猴と似た効果が生じた。頭のなかで粒状の花火のようなものが散発したのがよく似ていた。けれども、消える寸前の花火のような、鈍い滲みに似た感覚だった。そして白瑞香の場合も、二度目以降は同じ効果は現れなかった。台湾の高山茶の四季春《しきしゅん》という品種の、茶海に付いたにおいを初めて嗅いだとき、側頭部に快い痺れがしばらくつづいたことも思い出す。

岩茶ならどの品種も好きかというと、そうではない。小紅袍《しょうこうほう》を飲んだときはその日一日悪酔いがつづき、翌日になっても脳がクターッと疲れきって、きわめて不快だった。二日酔いである。二度と飲みたくないと思っている。肉桂は最もよく知られた品種だろうが、それほど好きではないし、四大名茶の一つと言われる水金亀《すいきんき》も私との相性は良くない。

初めて飲んだ岩茶は半天腰《はんてんよう》という品種だった。熱湯を入れた陶器のポットと一緒にきわめて小さな急須が出された。容量は百ｃｃ足らずで、開口部の直径は三、四センチである。岩茶は四、五回煎じたぐらいでは味わいや養分は失われない。三煎目か四煎目を飲み終え、湯を注ごうと急須のフタを取ったときだった。

茶葉が薄い板状になって直立していた。この薄い板、いわば板垣（というか葉垣）は二重になって、小さな開口部に同心円状に（同心弧状に）寄り合っていた。高さ一センチほどのこの垣の上辺部は、直線に近いゆるやかな曲線を成していて、横たわった女性の（それこそ湯上りの）腰の線のようでもあった。私は半天腰《はんてんよう》という名の由来はいまもって知らないが、茶葉のこういう様態から来ているのかもしれないとそのときは思った。一つの垣は一枚の茶葉がひろがってできたもののようになんとなく見えていたが、後日、半天腰の茶葉を買い求めて持ち帰ってみると、他の品種の茶葉より大きめだったが、一枚だけであのような垣はとうていできそうになかった。つまり、湯でひろがった何枚もの茶葉の薄片が集まって垣が形成されたのであり、そういう垣が二重にできていたのである。壺のなかにさいころを五、六個入れて振ってから壺を取り除けると、全部のさいころが縦に重なって立たせる技があるが、それ以上に珍しいことではないだろうか。こういう現象は時々あることなのだろうかと思い、ここに書き留めておくわけである。これまで二十数種類の、入手できる限りの品種の岩茶を飲んだが、半天腰は結果的に私の最も好きな品種の一つになっている。

昨年、岩茶房主人である左能典代《さのふみよ》さん著の『岩茶のちから』（文藝春秋刊）を読んでいると、半天腰の茶樹は長らく衰弱していたが、一九九五年によみがえったと書いてあった。その茶樹は武夷山《ぶいさん》の磊石岩《らいせきがん》という、午前中だけ日の当たる、垂直な壁のような巨岩の頂上にあるとも書いてあった。

私が半天腰を初めて飲んだのは一九九八年の五月か六月だった。岩茶房の新茶の仕入れは例年八月ころだから、その前年の一九九七年、よみがえって三年目に収穫された半天腰を飲んだことになるわけだった。初めて岩茶房へ行ってメニューをひろげ、たくさんの品種のなかからどれにしようかとなんとなく見当をつけて選んだのが、巨岩のてっぺんに生育したその茶葉であり、その養分が何千キロもの空間を越えて自分の体内に取り入れられたと思うと、また、茶葉がつくったあの珍奇な二重の垣のことを思うと、ちょっとした感慨に包まれる。

セミの声

昨日の昼下がりのことである。私は書斎でパソコンに向かっていて、ある作品を書いていた。すぐ右横のサッシ窓近くまで、青桐と柿の枝葉が迫っていて、それらの向こうには黒竹の群生や桜の大樹がある。青桐の右横には、去年の十一月に植えたときは四、五十センチの高さだった木犀《もくせい》が、つやつやした若葉を繁らせ、いまは七、八十センチに伸びている。

先月あたりから、セミがこの小さな林に鳴きはじめた。アブラゼミが主で、ミンミンゼミ、ツクツクボウシ、ヒグラシの声も聞こえる。サッシ窓につけた網戸にセミが腹部を見せてとまるときもある。とまるだけで終わらず、しばしばゆっくりと網戸面を移動する。

私は、あるセンテンスをキー・ボードに打とうとしていた。ためらいを覚えながら。そのセンテンスは、ある人との関わりから得た比喩的表現が眼目になっていて、私はその比喩の感覚性をとても気に入っていた。その人とは何年も会っていなかったが、そのセンテンスがその人の目に触れる可能性は将来まったくないとは言えず、その人は前後の叙述から容易にその人自身のことだとわかって心を傷つけられる可能性があった。

それを無視してキー・ボードを打ちはじめたときだった。セミの声がみるみる大きく高まった。一匹や二匹ではなく、あたりのセミ全部が同調的・協調的に鳴き声を大きくし、異常に分厚い響きとなった。セミの声に独特な音の強弱があまりなくなり、ひとかたまりの単一音が耳を聾するばかりに隣の林に充満しているように知覚された。何か威圧的で、そのセンテンスを書きやめるよう通告しているように感じたが、そのままセンテンスを打ち終えた。

夜になるとセミの声はごくまばらになった。私は時間の経過とともに分別を取り戻し、夕食後二階に上がり、パソコンをオンにして問題のセンテンス全部を削除した。それに呼応してのように、日中に聞いたセミの声がよみがえってきた。

一日経ってあのときのセミの声を振り返ると、こんな想像的印象が定着しているのである――私が書こうとしていたセンテンスを私の近辺に居て察知していた、目に見えない霊的存在が、ある特定の刺激をセミたちに伝えた。セミたちはただちにそれに感応＝反応し、結果としてそれは、あの同調的合唱音になった……。


セミの声にからめて、ついでに書き留めておこう。

私が母の胎内に入った最初期のころ、胎児の私は昏睡していた。昏睡していたと言っても、完全に何も知覚しなかったというわけでもなかった。胎児だった私の自己は、昏睡しながらも、昏睡が伝える沈黙＝静寂をうっすら知覚しつづけていたとも言える。

二歳くらいだったとき、私は目をつぶっておもちゃの鉛の兵隊を強く握り締めながら、その内部に存在する別次元的な静寂に耳を澄ますのを習慣的におこなった時期があった。この別次元的な沈黙＝静寂は、胎内で昏睡中にうっすら知覚していたあの沈黙＝静寂によく似ており、それを通して、それよりもっと以前にあった自分の存在状態とのつながりを失うまいとしたのである。

芭蕉の「閑さや岩にしみ入る蝉の聲」の「閑さ」も、岩という鉱物の内部に意識が向いており、鉛の兵隊の場合と共通的、同質的である。鉛の兵隊であれ、岩であれ、それらの内部への私たちの知覚は遮断されている。この遮断がかえって心を引きつけるのだ。昏睡とは、物質次元の意識がないということ——物質次元の知覚から遮断された状態だが、それは同時に物質的次元からの自由をも意味するだろう。このような意識遮断は、芭蕉がいそしんだ禅修行と親和するにちがいない。

芭蕉の句で「蝉の聲」と対比されているのは、一般にそうみなされているような山中の静けさではない。静かな山中の岩の内部に存在する別次元的な静けさなのだ。この静けさを示唆するのが「岩にしみ入る」という方向性である。

ところで、胎児だった私を昏睡から覚めさせたのは、超物質的な点滴だった。その一滴が、超感覚的な触覚と聴覚をもたらした。胎児の私の内部のどこかにしたたり落ちたことによって。

かつて私はこの超感覚的・超物質的な点滴と芭蕉の「古池や蛙飛びこむ水のおと」との間に照応を感じ、この句は芭蕉自身の同様な胎児記憶に由来すると推定したことがある。（『生まれる前の記憶ガイド』)

そういうわけで少なくとも私にとって、芭蕉の「古池や蛙飛びこむ水のおと」も「閑さや岩にしみ入る蝉の聲」も、胎児期初期の超物質的な点滴や、昏睡中にうっすら知覚していたあの沈黙＝静寂とつながりを持つ。

超物質的な点滴が昏睡していた私に最初にしたたったとき、内部の遠いどこかで、誰かが反応的な嘆声を弱く発するのが聞こえた。昏睡から覚め切れず鈍く疎遠にしか反応できなかった自分の一部を私は「誰か」と感じていたのである。ベケットの『名づけられぬもの』(中央公論社刊『新集世界の文学43』)にもこれと同類の反応が見受けられる。

では、その昏睡より以前はどんなふうだったか。それについては既に別のところで詳述したので、直近の経験についてだけ言及しておこう。

私という自己は胎内にありながら、胎児の肉体の外で待機した時期があった。待機はかなり長くつづいた。昏睡は、この待機のあと、胎児の肉体に同化したあとで生じた。

超物質的な点滴によって昏睡から覚めたあとは、この世の人間と同じように目覚めと睡眠の交代がはじまった。点滴がしたたる位点を定位できるようにもなった。肉体意識はまだなかったが、頭の感覚は漠然とあり、点滴は頭の中にしたたると感じていた。

あの昏睡は必然的な現象であり、必要不可欠でもあったと思う。なぜならあの昏睡は、この世の睡眠に先行した別種の睡眠、いわばメタ睡眠と言うべきものだったから。そして、メタ睡眠に対してメタ目覚めと言うべき目覚めもあった。最も初期のころの目覚めは、あの超物質的な点滴によって引き起こされた。そして目覚めたほとんど直後に眠りに落ちた。メタ目覚めが回を重ねるうちに目覚めの時間は数秒、十数秒と延びていくとともに、点滴を受けることなく目覚めるようになった。こうしてメタ目覚めから普通の目覚めに移行したとみなすことができる。このときでもまだ、胎児の私に肉体意識はなかった。肉体はまだ動いていず、静止していた。

あれら一連の点滴は、医術における点滴がそうであるように、養分供給でもあったと思う。その後、あの点滴は臨月期のやはり肉体が静止していた時期に再び滴下した。いつも、目覚めている間にしたたった。養分供給と同時に、目覚めそのものを強化させる目的もあったのかもしれない。このころには、目覚めている時間は赤ん坊と変わらない長さになっていた。

では、そもそもあの点滴はどこからしたたったのか。母体から——母体に浸透していた、目に見えない母体から分泌されたのだと思う。つまりあの点滴は、母乳に先んじて受け取った別種の母乳——メタ母乳だったと思われる。

バーバラ・アン・ブレナンは、オーラは単なる光や色ではなく、微細な質料から成る体だと言っている。人間のオーラは七つの層から成り、液状の層もあると透視している。そういう液状部分からあの点滴はしたたったと想像される。

日常生活

守護天使

　事のはじまりは、自転車に乗ろうとサドルをまたぐ直前、なぜか、ある方向が気にかかってしまうことだった。いつも左の方だった。車や他の自転車が来るのが心配とでもいうような感じだった。しかし自宅前の道路は車一台がやっと通れる細い裏道で、車はめったに通らない。（おかしいな。前はこんなことはなかったのに。老け込んで必要以上に神経過敏になっているのか……）と思った。

　そのうちに別な感じを受けるようになった。左ペダルに足を乗せ、サドルにまたがる前に右足で数歩地面を蹴るとき、ちょっと離れた左側に誰かが居るような感じを受けた。サドルをまたぐまで、磁気的な風のようなものが付き添ってくる感じがしたこともあった。左側の一メートルほど離れたところからこちらを見ている視線のようなものを感じたこともあった。

その後、別な感覚の経験を何度かした。左足をペダルに置いてサドルをまたぐ直前、体のすぐ左側に、磁気を帯びた何かが垂直に寄り添っている感覚が閃いた。細長い光が私のすぐ左側に淡くフラッシュして、まっすぐに立つ感じがしたこともあった。

そんなある日、どうしてもその日のうちに手にしたかった詩人Kの遺作本を借りに、区内でもめったに行かない図書館まで自転車を十数分走らせた。夕方近くだった。帰る途中、とても広いけれど晴れた日でもどんより薄暗くて陰気な公園内を通り抜けようとした。そのとき、通りに出る少し手前にある複合文化施設の建物内にも、小さな区立図書館があったのが意識に上ってきた。一ヶ月に一度くらい行く図書館だった。用はなかったが、微妙に誘いかける〈声〉を感じ、立ち寄ってみた。ここ一、二年、そういう〈声〉に従うと、必ずといっていいほどちょっと得をしていた。以前はそういう〈声〉を無視すると、（ああ、言うとおりにしておけばよかった）としばしば後悔したものだったが。図書館にからんだことでは割と最近、思いもかけない新刊本に出くわしていた。今回もそうなのかなと思った。

自転車を車寄せの手前の端っこに止め、中に入って新刊コーナーを覗いてみたが、めぼしい獲物はなかった。早々にその建物を出ようと、高くもないステップから誰もいない車寄せの床面に降りようとしたとき、なぜか不意にバランスを大きく崩し、体が前へ投げ出された。

（怪我をしちゃならない！）

とっさに強く念じた。ドサッと背中の片側から落ちたが、柔道の受身の態勢に自然となったらしく、打ち所が良く、十二月でブルゾンを着ていたおかげもあって痛みも感じなかった。私は、バランスを崩した場所から一メートルは離れた位置に倒れていた。

帰途につきながら、二十年くらい前のことを思い出した。小雨が降っていて音が聞こえづらくなっていたのだろう、いつも交通量の少なかった道を自転車で右折し終えたところで対向してきた軽トラックとぶつかった。相手が徐行していたせいか衝撃はそれほど感じなかったけれど、道の反対側の小さな空き地まで飛ばされた。二、三秒間意識を失っていたと思う。「大丈夫か……」運転席の窓から顔を出して短髪の男が声をかけた。立ち上がりながら私はうなずき、人目を気にして「もう行ってくれ」と運転手を促した。

あのときも、長袖の綿シャツのひじのところが破けて少し擦りむいただけですんだ。数メートルも飛ばされたのに、フワッと着地した感じだったのも不思議だった。さっき車寄せのところで転倒したときもそんな不思議な着地具合だったように思えてきた。転倒した瞬間は自分でどうにかしようとは思わなかった。下手に動くとかえって危険と直感し、すべてを成り行きに委ねた。工事中の体育館の屋根から落ちながら、(絶対怪我はしない!)とだけ念じつづけた老大工が、結果として傷一つ負わなかったと、ずっと以前ラジオか何かで聞いた話も思い出した。それと似たような経験だったかもしれないと思った。

それから二、三日して思い出したことがあった。車寄せのところで不意に体のバランスを大きく崩したあの瞬間、何者かの見えない力が一閃したようだったことがよみがえってきた。

一年近く前の二月、同じ図書館の車寄せの手前のコンクリートの階段で小さな怪我をしたのを思い出した。その階段はゆるい斜面に設けられていて、次のステップまで一メートルほども歩かねばならず、段差も数センチしかなかった。持っていた品物に気を取られて足元への注意がおろそかになってけつまずき、前のめりに倒れて、手の甲を擦りむいた。

あのとき転んだのもさっき転んだのも、私の注意力が散漫になったのに乗じて、あの建物付近に居つづける霊がやったのではと思われてきた。両方の場合とも、片脚が宙に浮いたときだったから、それだけ私の体を自由にしやすくなるのではないかと思った。二月のときは前のめりに倒れながら、直前の歩調とつりあわないくらいに途中から不自然なほど勢いがついたので、（ええっ⁈）と意外な声を心のなかであげたのも思い出した。

私は図書館のあるあの複合文化施設の建物を思い起こした。中央部が塔状に突出した洋式の建造物だった。白い外装は新しいけれど、建物自体はかなりの年代物なのは中へ入ればよくわかった。入ってすぐ目の前に階段が中二階の高さの踊り場まで延び、踊り場からは左右に分岐していた。

（あの建物は、前は病院だったんじゃないか。そこで死んだ人の霊がまだあのあたりにとどまっていて、おれにあんなことをやったんじゃないか）

しかし確信はなかったので、そのまま放っておいた。二、三日してから、

「ちょっとそちらの施設のことでお聞きしたいんですが」

と電話すると、相手の女性職員は、

「何かあったんですかっ！」

ハッと驚いた、強い早口で訊いた。こちらの想像と合致するものを感じたが、相手の昂奮に応じるのがうっとうしくなり、あの建物の沿革を知りたいと言うにとどめた。相手は区役所に行けば詳しいことがわかると言った。私は少し面倒になってきて、その日はそれだけにした。思いちがいかもしれないとも思った。

翌日の午前中、区役所に電話をして、あの施設を統括している部署につないでもらった。電話に出た男性職員に、あの建物は以前何に使っていたかを訊くと、意外にもベトナム戦争の野戦病院だったという答えだった（四十年近くも前の浪人生時代、都内の下宿先で見た新聞に、この病院にからんだ反対運動が大きな見出しで取り上げられていた記憶が、二、三日してぼんやり浮かんできた）。

私は弾みがついて、

「私、霊感があって、ちょっとしたことがあったものですから、その辺のことをもうすこし聞かせて頂けたら……」

相手はてきめんに重苦しく息を詰めたのが受話器から伝わってきた。

「あの建物そのものが病院だったたんでしょうか」

「はい。戦死者の遺体に防腐処置を施して本国に送っていたらしいです。いやな話しか聞こえてきませんが」

「あの建物で亡くなった人も当然居たんでしょうね」

男性職員は確答を与えられないといった口振りで、もっと詳しい人を紹介すると言った。けれども、その人は席をはずしていたので、あとで区役所のほうから電話してくれることになった。自分の想像は大方当たっていたと思った。

数十分後、担当者から電話があり、その人たちが編纂した区内の図書館にある区史や資料のどこを読んだらいいか、懇切にガイドしてくれた。私はさっきの職員にした質問を繰り返した。

「あそこで亡くなった人も居たんでしょうね」

「ええ、そのようです」

電気ゴタツの天板に肘を付いて受話器を持った私の背中全体が、いつしか小さく震動しはじめていた。心は平静だったが、体が自然と武者震いを起こしていた。微かに寒気のようなものも伴っていた。想像と現実との一致を知って、心の深部が震え、それが体に伝わったと言うべきかもしれない。

依然として背中が細かく震えつづけるのを感じながら、最後に訊いた。

「さっき応対していただいた方は、いやな話しか聞こえてこないとかおっしゃっていましたが、差し支えなければ具体的なことを」

「お化けがでるという噂ですね」

受話器を置いてしばらくして私は厄除けに、あるマントラを唱えた。それから〈いつまでもあんなところに居たらダメだよ。行くべきところがあるはずだよ〉と、まだ若かったのではと思われる〈彼〉

に届くよう、心のなかで諭すように言った。

午後、外出した帰り、すぐ近所の区立図書館に行き、区史や関連資料の該当箇所を読んだ。あのあたりは旧陸軍の兵器工場だったのは知っていたが、敗戦後米軍に接収され、あの建物は極東地図局を経て、住民運動で業務停止に追い込まれるまでの約二年間、キャンプという通称の野戦病院としてベトナム戦争の傷病兵を収容したと書いてあった。

私は詩人Kの遺作本を借りに自転車で行ったとき、あの建物のある公園の東端を通ったのを思い出した。

（そういえば、Kの本を借りに行った図書館では、おれはちょっとおかしかった）とも思い出した。本を借りたあと、貸し出しカードを紛失したような気になった。図書館の外へ出てから、館内に落としたような気がして舞い戻ったり、カウンターの職員に落し物がなかったか尋ねたり、何度もズボンやブルゾンのポケットを探ったりした。結局、一度確かめたはずの、ポケットの小物入れにカード類に混じってちゃんと入っていた。

（あの建物付近を通ったとき、死んだ霊も一緒にくっついてきたので、心があんなに不安定になったんだろうか……）

しばらくして気がついた。このところ、自転車に乗ろうと左足をペダルに置いてサドルをまたぐ直前、決まって、体のすぐ左側に磁性を帯びた何かが垂直に寄り添っている感覚が閃いたのを。そんな感覚がしたのは、自転車に乗ろうとして左足に体重をかけるときだけだった。乗ろうとしてペダルに足をかける瞬間、意識は自然とそこに集中する。意識は一時的に強化される。その結果、自分のそばに存在する見えない存在も一緒に照らし出されるわけかもしれないと思っていた。ペダルに左足をかけながら右足を助走的に数歩蹴ったとき、誰かが風のように付き添ってくる感じがしたことがあったのも思い出した。そういう現象がはじまったのは、あの元野戦病院の車寄せで転倒する数日前からだったとも思い出した。

(あの現象は、〈彼〉が自分のそばに既に居たしるしだったのかもしれない)

ただ、いま現在もまだ〈彼〉に付きまとわれているとは思えなかった。そう思いたくなかっただけなのかもしれないが。自転車に乗ろうとするとき感じた事どもは、〈彼〉とは別の霊が関与していたことだったように思えた。ときどきちょっと有益なサジェスチョンをしてくれる〈声〉の主がそれにほかならないような気がした。二十年前軽トラックにぶつかって飛ばされても怪我をしなかったのは、その種の霊が助けてくれたような感じはずっと以前からしていたが、あの元野戦病院の車寄せで転んだときもその種の助力があったように思えた。両方の場合とも、私は自分の体を自分からどうしようともせず、本能的に成り行きに委ねた。じたばたしないという意志だけを保ちながら。そうすることで、そういう霊的存在の意志とこちら側の空っぽに近い意志との間に回路が生じ、助力を受け入れやすい状態が形成されるのではないだろうか。こちらの意志を最小化すればするほど、助力が働きやすくなるのではないかと思った。

二十年前のときも数日前のときも、体が宙に浮いていたほんのちょっとの間は、意識を失っていたように思う。そしてそのことも良いほうに働いたように思えた。

自転車に乗ろうとペダルに左足を踏ん張ったときすぐそばに感じられた目に見えない存在は、そういう霊的存在にほかならなかったような気がだんだんとしてきた。細長い光が私の左の体側に淡くフラッシュしてまっすぐに立つ感じがしたことがあったのを思い出し、あのフラッシュは高度に発達した霊的存在のしるしのように思えた。とはいっても、不安は依然として残っていた。

〈だとすると、おれとその高度な霊的存在との間にできた回路は、長年成仏できないでいる〈彼〉を救済する役を果たした可能性はないだろうか……〉

〈彼〉の意識は地上にしばりつけられていて、上界のことは意識に入ってこない状態だと考えられる。だが、地上に生きるおれと霊的存在とのつながりのエリアに〈彼〉が入ってくれれば、〈彼〉が昇天できるきっかけにならないだろうか。車寄せでおれの体のバランスを不意に崩させたとき発揮された目に見えない力からは凶暴な感じは受けなかった。あれはひょっとして、自分の存在を知ってほしいという〈彼〉の思いの表現だったのかもしれない〉

〈だとすると、詩人Kの遺作本を前籠に入れたおれの自転車が元野戦病院の建物に近づきつつあったとき、建物内の図書館に寄るよう促した〈声〉は〈彼〉とは別の霊的存在のものだったという確度は高くなる。そうではなくて〈彼〉の〈声〉だったという可能性は、きわめて薄くなる。なぜならもしあの〈声〉の主は〈彼〉だったとしたなら、おれがあの建物へ来るまで待たずに、自分の要求を直接〈声〉によって何とか伝えればいいはずだから。〈彼〉はやはり、あの建物近辺から離れられ

ないのにちがいない）

（今後自転車に乗るときには、細長い光がフラッシュしてまっすぐおれの左側に立つあの現象は起きないんじゃないか。なぜなら、まさにあのおれの転倒の瞬間をきっかけにして〈彼〉は成仏して昇天していったのではと思えるから。転倒した瞬間、おれは自分の意志や念を空っぽにした。そのことによって霊的存在との回路が生じ、その回路を通る〈電光〉とでも言うべき何かをあの現場で目撃した〈彼〉は、たちまち〈彼〉自身と上界とのつながりを直感したんじゃないか。その瞬間、〈彼〉にとって望ましい意識の指向性が生じたんじゃないだろうか……）

それから二時間経つか経たないかうちにスーパーに行く用ができ、自転車を使うことになった。意識過剰気味になって乗ったせいか、左足でペダルを踏んだとき特別何も感じなかった。

次の日は自然と普段どおり、余計な意識なしに乗るようになっていたが、やはり何の感じも起きなかった。

自転車に乗るとき受けた色々に独特な感覚や印象は、やはり霊的存在から来ていたと思われた。自転車に乗るとき最初のうちは左のほうが気にかかったことや、風のようなものが付き添ってくる感じがしたことや、左足をペダルに乗せた瞬間、光のようなものが私の体のすぐ左に立った感覚は、霊的存在が、〈彼〉を救済したあとで私に、今しがたコメントしたような事柄を理解させるヒントとして起こしたのかもしれないと思った。少なくとも、〈彼〉ではない別個の存在としての霊的存在をこれまで以上に明確に私に知らせるための方便だったのではと思われた。

そういう霊的存在を特別に名づけるとしたなら、守護天使とか守護神という言葉が最も適切だと思えた。


ところで、一ヶ月ほど前から私は、インターネットで自分のサイトを作り、一ヶ月に一度、好きな短篇小説を紹介するようになっていた。最初の月に取り上げたのは、マイリンクの『灼熱の兵士』(国書刊行会刊『世界幻想文学大系13』所収)で、二ヶ月目には阪田寛夫の『海道東征』(新潮社刊『川端康成文学賞全作品2』所収)を取り上げた。それから二、三日経って、ふと思った。

(どういうわけか、兵士や軍関係の作品がつづいたな。おれの柄でもないのに……)

『海道東征』は神武天皇の遠征をテーマにした信時潔の同名のカンタータとの縁を描いた作品であり、マイリンクの『灼熱の兵士』は題名そのものがそれを語っている。

考えてみれば、私が元野戦病院の建物の車寄せで転倒したのは、『海道東征』を自分のサイトで取り上げたほんの四、五日後だった。マイリンクの『灼熱の兵士』は、以上の一連の出来事が一区切り付いてから取り上げたが、その内容は、火だるまになった兵士の話である。ひょっとして〈彼〉は、火だるまになって死んだのだろうか。

しかし『灼熱の兵士』は、死を超えた生命状態を示唆した作品である。単なる死後の状態ではなく、生死を超えた高次の生命状態を示唆した作品だと私は理解している。〈彼〉がそういう高次の生命を示唆されてとっくの間に上界へ解放されたであらんことを……。

それとも、〈彼〉の解放や救済など私の夢想や希望に過ぎず、〈彼〉は依然としてあそこに居つづけているのだろうか。自転車に乗るとき色々な形で感受した守護天使の存在は、〈彼〉との接触による悪影響から守られていたというだけのことだったのだろうか……。


あれからもうすぐ五ヶ月になるが、一度もあの図書館には行っていない。あの建物のある公園の前や脇を自転車で二、三度通っただけである。あの図書館のすぐ近くにはスーパーがあり、そこへ行くついでに寄ることが断然多かったが、スーパーはあれからほどなく移転した。移転先は二、三百メートルしか離れていないが、方向がちがうので自然とあの図書館と疎遠になった。

一度、ある本をインターネットで検索すると、それがあの図書館にだけあると分かったが、直接行かず、すぐ近所の図書館に取り寄せてもらった。ちょっと気味が悪い感じがまだしていたからである。あそこに居た霊は〈彼〉一人だったとは限らないことでもあるし。

残留物

十年以上前、知人のIと二人で勤め先の一室に詰めていたときのことである。

小さな室内に机が二つ、横にくっつけて並べてあった。それぞれに椅子が一つずつ付いていた。

ありふれたシンプルなオフィス・チェアである。このスペースに隣接して、一段高い場所に畳部屋があった。四畳半か六畳ほどの広さだった。

私はその畳部屋に居て、Ｉは机で司法書士試験の勉強をしていた。私は、横になったり坐ったり姿勢を変えながら文庫本を読んでいた。本の内容は硬めで、意識を集中していたと言えるだろう。

室内には沈黙が定着していた。Ｉは私より一回りほど年下で、私と比較的親しい関係にあったと言い添えておくべきかもしれない。

「ちょっとトイレへ……」

Ｉは私にそう言って座を外し、室外へ出た。私はすぐ、Ｉを追うように文庫本を持ったまま、Ｉが坐っていた椅子へ場所を移った。来客が無人と勘違いしないように。

椅子に尻を落として文庫本のつづきを読みはじめた。やがて、頭がしめつけられるような痛みを覚えはじめた。耐えがたいほど強くはなかったが。さっきまでＩはかなり根をつめて勉強していたから、その影響を、同じ椅子に坐ったことで受けたのかと思った。

頭痛は持続し、いつまでも居坐りそうで不快だった。試しに、隣の椅子に移ってみた。すると、当座ほんの数秒だけ頭痛はあったが、ほどなくぼやけて消えていった。しかし頭のまわりをある緊張が微妙に取り巻いていて、なかなか消えなかった。

ふと、スリッパを脱いで伸ばした片足を、いままで坐っていたＩの椅子の上に無意識に掛けているのに気づいた。その片足を引っ込め、椅子から外してみた。

するとほぼてきめんに、頭のまわりの緊張が溶け消えていった。

やがてIが戻ってきた。事務所内に入ってくると、元坐っていた椅子に腰を下ろした。

私は言った。

「頭が痛くないか？」

「風邪がなかなか治らなくて」

「しめつけられるような痛みじゃないか？」

Iは黙ってうなずき、

「そう。しめつけられるような痛み」

と呟くように言ってから、

「なんでわかるんです？」

と不審げに声を張って訊いた。私は、

「さっきここを出るとき、その椅子におれが坐ろうとしたのを見ただろ？」

と、Iが坐っている椅子を顎で指した。

「なぜ、こっちの椅子に移ったと思う？」

彼には見当がつかないだろうと思ったので、返答を待たずにつづけた。

「頭がしめつけられるように痛くなったからなんだ」

気と雑音

FMの電波の具合がおかしかった。雨が降ってきそうな天気だからなのかもしれなかったが、カセットデッキのアンテナの長さや向きを変えても雑音はいつになくひどく、どうにもならなかった。雑音は、電気ゴタツの天板に置いた小型のカセットデッキから途切れなく出ていた。

私は、めったに放送されないベートーヴェンの「街の歌」をエア・チェックしようとしていた。テープはセットしてあったが、もうちょっとで前の曲が終わろうとしていた。

アンテナのそばから離れ、電気ゴタツに入ると、カセットデッキに向き合うかたちになった。すると雑音はしなくなった。かすかにチリチリ聞こえるだけになった。腰痛や肩こりぐらいは気で治せる私は、自分の体から出ている気がFM電波に作用しているのではと思った。カセットデッキに手のひらを当ててみると、雑音は完全になくなった。

そのまま手のひらを当てつづけたが、しばらくすると雑音が小さく断続して出るようになった。流れていた曲が終わり、アナウンサーが「街の歌」の前説をはじめた。

手元のFM誌には「街の歌」の演奏時間は二十一分ほどだと書いてあった。私はまず、すぐ目の前のパソコンを目いっぱい手前に引き、次にカセットデッキをパソコンすれすれまで引き寄せた。そして両の腕――手首とひじの間の部分――でカセットデッキを上から圧しつけるようにした。すると雑音はまったく出なくなった。

アナウンサーが演奏者名を紹介して「街の歌」の前説を終えたので、人差し指で録音ボタンをすばやく押すと、元のように両の腕でカセットデッキを圧しつけるようにした。そのままの姿勢を約二十分間保って雑音を封じながら、エア・チェックを終えた。

エア・チェックの間、こんなことがあった。カセットデッキに両腕を圧し当てていた間、カセットデッキから流れる音楽に聞き入っていたが、あとで何度でも聴き直せるという思いが根底にあって、私の意識は何の気なしに曲から逸れた。するとてきめんに、雑音が出た。

そんなふうに意識が逸れたのは三、四回あったが、そのたびに雑音が出た。どの場合も「街の歌」に再び聴き入ると、雑音は即応的に消えた。意識を「街の歌」に傾注することが、雑音をなくす条件になっているようだった。カセットデッキに圧しつけていた自分の両腕から出ていた気が、やはり作用していたのだろうと思った。

エア・チェックの途中、のどのなかにちょっとした違和感を覚えたときがあった。唾液が膜状になってのどを一時ふさいでいるのが見えるように思った。このときも雑音が小さくチリチリと入った。のどのなかに意識が向いたのに従って、両腕から発していた気がその分だけ散ったからだろうと思った。実際、二、三秒後にクラリネットとピアノとチェロから成る音の流れに意識がまた戻ると、雑音は消えた。

カセットデッキに当てていた両腕から発した気が、「街の歌」に意識を集中することにも助けられて、雑音を排除していたのにやはりまちがいないだろうと思った。

赤い玉、青い玉

あるとき、池袋駅に近い古本屋で『バーバラ・ハリスの臨死体験』の翻訳文庫本（講談社刊）が目に止まり、買って読みはじめた。三分の一ほど読んだところでこんな箇所があった。

著者のバーバラはクンダリニー関係の講演を聴いた。クンダリニーというのは、脊椎の基底部で蛇のとぐろのように眠り滞っているエネルギーで、それが目覚めると、脊椎内を上昇し脳の最上部にある霊的中枢（チャクラ）にまで達しうると言われている。けれども一般的には性的エネルギーとして消費されるので、エネルギーの上昇傾向がそれだけ妨げられてしまうとも言われている。

バーバラが講演を聴いたあと、ホテルの自分の部屋に戻ってすぐ眠ってから数時間後、彼女が暗闇のなかで目を覚ますと、ガス状の青い色の玉が部屋のなかを飛び、まもなく紫色に変わったと書いてあった。バーバラはこのときどういうものかほとんど呼吸していなかった。

バーバラはこの体験をクンダリニー・エネルギーの目覚めに結びつけていた。彼女は、クンダリニー・エネルギーが目覚めたヨガのグルたちが、彼ら自身も同様な体験をしたと書いていると報告していた。

すると私の記憶のなかから、何年も前、年長の知人Sさんから都内の彼のマンションで聞いた言葉が浮かんできた。

数えてみると十数年前のことで、Sさんは、三階か四階にあった彼の自宅の広い窓の向こうを指差した。その界隈は戦災の被害が少なかったので当時の低い家並みをまだ多く残しており、Sさんが指差した窓の向こうは、十数メートル先まで建築物はなかった。夜、その窓の外をSさんが見ていると、赤と青の二つの大きな玉が夜闇の両側から現われて、それらがいまにも衝突しようとしたと言った。衝突するのではとパニックになりかけたような話しぶりだった。

あのころSさんは、自分の心身がはなはだしく乱れていたことを包み隠さず言っていた。確かに危機的な状態だったようだが、知的にはしっかりしていたので、それを聞いたとき私はSさんが狂気にとらわれているとは思わなかった。ただ、Sさんは、玉の片方だったか両方だったかを、神智学でマスターとかマハトマと呼ばれる高次の存在の現われと解していた。その点について私は、奇妙なことを言うものだと感じた。どうしてその玉がマスターないしマハトマの現われなのだろうと思ったが、赤と青の二つの玉がSさんに見えたのはまちがいないことなのだろうとは思った。そんな単色の明確な形が見えたというのは物凄い幻視だなと思い、Sさんの心身不調がもたらした結果なのだろうと思った。この幻視のことをSさんから別の機会に聞いていたある知人女性にも私はそんな感想を言い、彼女も私に同調した。

しかしバーバラの本の前述の箇所を読んで、Sさんの「幻視」はどうやら、個人を超えた共通的な知覚現象らしいと思われてきた。バーバラは、青い玉はガス状と書いていた一方、Sさんのほうは玉の材質的なものに言及していなかったが、たぶん二人は同類・同質のものを見たのではないかと思った。

バーバラの本を読んで三ヶ月後、私はルドルフ・シュタイナーの翻訳本『創世記の秘密』(書肆風の薔薇刊) が読みたくなった。数十冊出ているシュタイナーの翻訳本のほとんどを読んでいたが、『創世記の秘密』は数少ない未読の一冊だった。入手しにくかった本で、私の住んでいた文京区のどの図書館にも所蔵していなかったが、あるとき隣接区の反対隣の区の図書館で見つけ、借りてきた。三分の二ほど読み進んだところで思いがけなく、バーバラとSさんに共通していたあの玉の現象と思えるものについてのコメントに出くわした。

シュタイナーはこう言っていた——霊視が生じはじめる最初の段階で、もし空間中に二つの輝く球体が見えるなら、それは、内部で生じているものが外部に投射されたものである。内部とは、肉体と同居している目に見えない体 (アストラル体) の内部のことであり、それが両眼の視力に内的に影響を与え、その結果が空間に投射されるのである、と。

シュタイナーはこう付け加えてもいた。そのように見えるものに対して、そこに二つの存在が居ると言うなら、それは誤認であり、事態を正しくとらえていない、と。バーバラの場合は、一つの玉が青から紫に変わったのだったから、これにはあてはまらないことになるが。

ちなみに、シュタイナーのこの翻訳本が出たのは、奥付を見ると、一九九一年である。バーバラのあの翻訳本が最初に出たのはその二年後のことである。また、Sさんからあの話を聞いたのは、それらの翻訳本の出版より数年前のことになる。

右の文章を書いた数年後、関英男の『サイ科学の全貌』を読んだ。その本に、浮遊光球（ball lightning）というのがサイ現象の一つとして分類されている。名称が挙げてあるだけで説明は何もないが、バーバラが見た玉はどうもそれのように思える。

正体不明の声

一九七一年か一九七二年のことである。私は二十代はじめだったが、自室に独りでいるときや、独りで歩いているときしばしば、

「みかえる、みかえる」

と声が小さく聞こえた。外部世界の誰かが発した声ではなく、声の主の姿は見えなかった。声だけが、私のいわば内なる耳に聞こえた。

私は「みかえる」を「見返る」つまり、自分の身の上を省みる、省みよという意味に受け取った。三島由紀夫事件があった一、二年後のことで、その数年後に私は、三島が言及していた出生直後の記憶を含む、それ以前の記憶を思い出す仕事をすることになった。だから「みかえる、みかえる」という声を「見返る」――自分を見返れということなのかと思ったのも、内的な必然があったと言えるかもしれない。

ところが、出生前の記憶を思い出す試みをはじめたころ、一九七六年か七七年のことである。街

の書店で、ある新興宗教団体の主宰者T氏の新書判の本を買い求めた。宗教や宗教団体に別段関心があったわけではない。なんとなく中身が面白そうだったからだったと思う。T氏は私より数歳下の女性だったが、読んでいると、彼女が父親に、このごろよく「みかえる、みかえる」という声が聞こえると打ち明けるエピソードに出合ったのである。同じ声を私が聞いて数年後のことだった。面白いことにT氏もその声を「見返る」と聞き、自分を見返る意味に解していたとあった。

さて、T氏の父親の答えは、それはミカエルという存在のことで、ミカエルとはキリスト教の大天使ミカエルのことだというのだった。

それなら「ミカエル、ミカエル」とT氏に言った当の主は、誰だったのか。それについてT氏の本のなかで言明してあったかどうかはっきり覚えていないが、言明していなかったと思う。もちろん、私に聞こえた「みかえる、みかえる」の声の主は何者だったのか、私は知っているわけではない。しかし、二つの声の主は同じなのではないかという考えに誘われたことはある。

ともかく「みかえる、みかえる」という声が、内的ないし心的な次元で聞こえたという、私とT氏との共通経験があったのは少なくとも確かだった。大天使ミカエルは科学や芸術の発展を司り、コスモポリタン的なあり方を刺激する存在であるというのをシュタイナーの本で読んだのは、ずっと後年のことである。さらに後年、シュタイナーが作ったミカエルについてのマントラにこんな言葉があると知った――「われわれ、現代の人間は、精神の朝の叫び、ミカエルの魂の叫びのための正しい聴覚を必要とする。精神認識は魂に、この真の朝の叫びのための耳を聞く」(アルテ刊、西川隆範『ゴルゴタの秘儀』)

内的ないし心的次元で聞こえた声ではなく、私自身が内的に発した声のことでやはり数年の年月を置いて私と他の人との間で一致が生じたこともあった。

一九七三年か七四年だったが、当時私は、明けても暮れてもモーツァルトばかりをレコードで聴いていた。あるときふと、モーツァルトという言葉とチベットという言葉をドッキングさせると、何かのタイトル・ネームのようなものとしてとても面白くなると思い、チベットのモーツァルト、チベットのモーツァルトと白紙に何度となく書き連ねた。いなりずし、いなりずしと白紙におびただしく連記する、セブンイレブンか何かのテレビCMが以前あったが、あんなふうに十数回、あるいは二十数回と書き連ねたのを覚えている。その日でおしまいにはならず、別の日にも同じことをやったように覚えている。

中沢新一氏が自作の論文・エッセイを収録した本に『チベットのモーツァルト』(せりか書房刊)という総題を付けたのは、その七、八年後だったろうか。チベットのモーツァルト、チベットのモーツァルトと、内的に唱えながら白紙におびただしい回数書いた「チベットのモーツァルト」の〈音〉は、何年もの間、空間を漂いつづけるうちに中沢氏にキャッチされた——そんなふうに想像される。

もっとも、チベットのモーツァルトという言葉を考えたのは私が最初ではなく、私もまた、誰かが既に唱えていたその〈音〉を無意識にキャッチしたにすぎないという可能性もある。つまり、チベットのモーツァルトもミカエルと同様、正体不明の目に見えない存在が私に吹き込んだものだった可能性である。中沢氏は私と同年生まれである。

正体不明の〈声〉に関しては、十年くらい前にもこんなことがあった。あるとき「たまご、たまご」という声がしきりに聞こえてきた。その日だけでなく翌日になっても聞こえてきた。

やがて連想されてきたのは、尾籠《びろう》な話だが、私の肛門のことと友人Uの痔の手術のことだった。Uは手術の結果が思わしくなく、トイレを使ったあと知らないうちに下着にウンコが付いて困ると言っていたのを思い出した。私もその十数年前に痔の手術をしていたが、どうも長年月経《た》つうちにその効果がゆるんできたせいか、Uが言っていたと同じ現象をしばしば下着に見るようになっていた。私は肉食はしないが、シーフードや卵は食する。しかしそのころは純粋なベジタリアンで、卵もまったく食べていなかった。それで、「たまご、たまご」という声は、卵を摂取すれば肛門の不調が治るということなのかもしれないと期待し、昼食と夕食につづけて天津丼を食べてみた。するとてきめん、肛門の不調は解消してしまったのである。

卵油というものがある。何十個もの卵を長時間炒めるうちにフライパンの底にごく少量の油が溜まる。それが卵油だが、痔に効くと言われている。私のケースは痔というほどではなかったので、卵数個分の微量の卵油で足りたということだったのではないかと思う。

けれども「たまご、たまご」と私に告げたあの声の主は何者だったのかは、やはり不明なままである。あの〈声〉の調子には、守護霊のたぐいとは思えない、何か友人関係を思わせる親愛感の響きがあった。

山手線のルーレット

地方巡演の人形劇団で電話番と雑務のアルバイトをしていたころ、劇団紹介用のパンフレットを新しく制作することになり、小さな広告代理店の営業マンが事務所に一時出入りしたことがあった。営業マンは私と同年輩の三十代前半で、色白でポッテリした感じの長身だった。

出来あがってきた見本を劇団の営業のTさんはまったく気に入らず、私もあまり冴えないと思ったので、一部アイデアを出してみた。近年全国から劇団宛に届いていた子どもたちの感想文を二、三行ずつ抜粋して列挙し、子どもたちが一斉に発言しているような体裁になるようにとアドバイスした。そのアイデアが採用され、アイデアの主が私だとTさんから知らされると、営業マンは、

「ウチへ来てくださいよ」

と、私に言った。言われても私の心はまったく動かなかったが、彼がその言葉を後にもう一度くらい言ったと覚えている。感想文を借用した子どもたちへのお礼として、「ヘンゼルとグレーテル」などの過去の演目のときにつくった残り物の絵本パンフレットを、Tさんに指図され、短信を添えて郵送したのも思い出す。

人形劇団のアルバイトをやめてからの一、二年は、本を二冊執筆した事情もあいまって、アルバイトをときどきするだけの風来坊生活をつづけた。その間に、私と同年輩のあの営業マンと都内のあちこちで三、四度、バッタリ会った。二度三度と重なったあるとき、場所は渋谷駅の山手線ホームだ

ったが、彼は、

「また会いましたね」

と右手を高く挙げ、ハイタッチをしてきた。そのとき私は山手線の内回りの電車に乗っていて、渋谷駅のホームに止まりつつあったとき、ドアの前で待機していると、電車はちょうど、ホームに立っていた彼のまん前で止まったのである。私はたぶん、渋谷東急あたりで開催中だった絵の展覧会に行こうとしていたのだと思う。他の用事でわざわざ渋谷に行くことは当時もいまもほとんどないから。

それから半年くらい経っていたろうか。自作の出版本がほとんど売れなかったため、次の作品を書いたとしても出版の見通しがたたないでいた時期だった。私は山手線の内回りの電車で渋谷に向かっていた。このときもたぶん渋谷東急で開催されていた何かの展覧会へ行く途中だったと思う。ドアの窓のそばに立っていた私に、渋谷駅のゆるく湾曲した長いホームが見えてきた。ホームの遠方の、恵比寿寄りの位置に立つ群衆の先頭に、周囲から頭一つ以上抜きん出た長身のスーツ姿の男性が立っていた。もじゃもじゃしたようなその髪や、ポッテリした感じの体つきはあの彼のようだった。徐々に近づくにつれ、彼にまちがいないと分かった。

電車はホームに入ってさらにスピードが落ちた。私は降車する準備にドアの窓と正対して立った。やがて電車は停車した。目の前のドアの、縦長の長方形をした窓枠にちょうどぴったりはまって、彼が立っていた。彼は呆然とした表情になった。

ドアが開くと彼は、

「よく会いますね」

と、ハイタッチすべく右手を伸ばしてきた。しかし当惑か薄気味悪さを彼が感じていたしるしのように、手の力はとても弱かった。私も、なんともいえない気持ちになり、ハイタッチには応じたが、黙って彼のそばをすり抜けた。彼には悪かったが、環状山手線という巨大なルーレット上を私を乗せて周回した車両がまた同じ出目を出したことで、自身の不遇を示されたように感じていたのである。


しかし、いまから思えばそれだけではなかったのだろう。いや、というよりも、たぶんあの山手線ルーレットの出目は、浮き草のようなアルバイト生活に見切りを付けて勤め先をそろそろ固定せよという、何者かからの暗示だったのだと思う。なぜならその暗示は、かつて彼が一度ならず発した「ウチへ来てくださいよ」という言葉とシンクロするからである。

失せ物

ミネラル・ウォーターを常用している。お茶やみそ汁などに使うので、二リットル入りのペットボトルを常備している。銘柄は主として南アルプスの天然水だが、たとえば夏摘みの紅茶には、それより硬度の高い日本名山の天然水のほうが合う。二リットルのペットボトルは、いつも台所の流しの足元のちょっと左に置いている。十センチくらいずれることはあるが、大体同じ位置である。

つい数日前のこと、南アルプスの天然水を使おうとしたが、いつもの場所にはなかった。

（あれ？　使い切ったんだったかな。半分ほど残っていたはずだが……）

置き位置を変えたはずもなかった。一応、死角になっていた右の壁際を見てみたが、なかった。後ろは通路なので、置くはずがない。仕方なく、二、三日前に買ってレジ袋に入ったままになっていたうちから一本を取り出し、二百ｃｃほど使うと、いつもの位置に置いた。

一時間ほど外出して戻ってきた。お茶を飲もうと流しに行き、さっきキャップをあけたボトルに手を伸ばすべく足元を見ると、そのペットボトルから十センチほど離れた位置に、中味が半分ほど残っている二リットルボトルが鎮座していた。二本のボトルが並んでいた。さっき新しいボトルをあけたあと床に置いたとき、このもう一本のほうは目に入らなかった。いや、そこにはなかったはずである。

私は驚きで目を見張りながら、盲点のことを考えた。視覚上の、比喩的でなく文字通りの盲点のことである。二リットルボトルのように大きな物でも、こちらの体の動きや角度に盲点の移動がシンクロすれば、見えなくなることもあるのかもしれないと思った。立った位置から見下ろす床のペットボトルの見かけの大きさはそれほどでもないから、盲点の移動の一刷りがその半分くらい隠してしまえば、まったく何もないように見えてもおかしくないかもしれないと思った。
二、三日して、一週間ほど前田舎の実家に行っていたときのことを思い出した。四月から実家に転居するので、新年になったこともあって書斎用の室の畳を替えることになり、三十年以上も敷き放しだった古畳を畳屋が持っていく前に部屋の中の物を全部、別の部屋に移した。私本人より先に引っ越しをほとんど終えていた蔵書の移動については名案が浮かんだ。サッシ窓の手前の障子を外したあとの敷居の上に積み上げ、ずっと軽い障子のほうを移動した。それでも余った本は、壁にはめ込んだ洋服ダンス内の空きスペースや隣の納戸に一時収納した。

電気ゴタツの天板にはパソコンやカセットデッキなどが置いてあったが、その上に座布団を二枚重ねてかぶせ、近くの畳部屋へ電気ゴタツごと両手で持って運んだ。

畳屋が古畳を回収していったあとの板敷きのひろがりに掃除機をかけ、拭き掃除などもして二、三時間経ったころ、たまたま電気ゴタツの所に行ったとき、天板の上に置いてあったUSBフラッシュメモリがないのに気づいた。移動中に落としでもしたのかと移動経路を探したが見つからない。落ちた音も聞こえなかったけれど、畳に落ちた場合は聞こえにくいし、こたつ掛けを伝って落ちた場合もそうだろう。電気ゴタツがあった部屋からの移動距離は五、六メートルだった。

電気ゴタツは部屋の奥の方にあって、外へ出すにも数メートル移動したわけだが、私は畳屋が来る前に物を全部移動したあと、八枚の畳がひろがっていただけの光景を目にしていたが、もしUSBが落ちていたなら、すぐ分かったはずだった。USB本体の色は薄い黒だった。もし畳屋が見つけたとしたなら、知らせてくれただろう。八十四になる母親にはUSBを、シャープペンシルの芯ケースと大きさも形も似ていると言って教えたが、結局見つからなかった。フロッピイにバックアップを取ってあったから、大事には至らなかったが。その翌日、帰京した。

ペットボトルのことがあった少し前、私はある短篇評論エッセイを書いた。それは、私が胎児だったときの超感覚的な経験がモチーフになっていたが、そういう次元に意識が深くはまり込んだために、物質次元での意識がふとおろそかになり、ちゃんとあったペットボトルをないと思ってしまったのかもしれないとも思った。

実際のところペットボトルはもともと消失などしていなかったのかもしれなかった。というのは、新しくあけたペットボトルを使おうとしたとき目に入ってきたもう一本のペットボトルは、新しくあけたほうより私に近い位置にあった。新しくあけたほうのボトルはその向こう側にあった。ということは、新しくあけたほうを床に置こうとしたとき、もう一本の存在を知覚していたからこそ、その向こう側へ置いたと考えられるからである。

もっとも、そのとき私がその存在を知覚したのは物質次元でのことではなかったという可能性も考えられなくはない。目に見えない何者かがボトルを一時的に目に見えない状態にした〈事実〉を半意識的に感知した結果として、新しいほうのボトルをそこに置くのを避けたのかもしれない。そう考えたくなるほど、あのボトルが目の錯覚ではなく一時消失していたという印象はまだ強いのである。

だから、私がこんど実家に行ってＵＳＢがもしひょっこり出てくるようなことがあれば、やはり霊的存在のしわざと考えるのではと思う。

さて以上の文章を書いた一週間ほどあと、田舎に行った。あれから一ヶ月経っていた。十二時少し前に実家に着き、昼食を摂るべくテーブルにつくと私は思わず「ああーっ」と声を上げた。テーブルの端に坐っていた私のすぐ隣には、キャスター付きの戸棚がその背をテーブルの一辺にくっつけて置いてある。戸棚の上面のスペースにはいろんな小物が乗せてあるが、その端っこの、テーブルと接する縁にUSBがあったのである。テーブルにつけば嫌でも目に入る近さだった。一ヶ月前それを紛失したあと、私は夕食と翌日の朝食の二度、同じ場所に坐っていた。もしそのときもそこにあったとしたら、USBのことで頭がいっぱいだったのだから、気づかなかったとは考えられなかった。USBの上面にはうっすらほこりがたまっていた。だからかなりの日数そこにずっとあったのは確かだが、それでも、一ヶ月前私が実家を去るまではまだそこになかったとしか思えなかった。

昼食を終えるとほどなく、二階の自室の蔵書の整理をした。一ヶ月前新しい畳が入ったとき飛行機の出発時刻が迫っていて、半分も整理できていないままだった。整理を終えると、平凡社ライブラリーの『ブレイク詩集』が見当たらないのに気づいた、文庫本よりやや大きめなだけなので文庫本専用の本棚に、著者のアイウエオ順に並べ置いたはずだった。二、三メートル離れた位置で坐ったまま、フロベールの『ボヴァリー夫人』の隣あたりだったと思って目で探したが、なかった。近寄って本棚全体にわたって見てみたが、同じだった。畳が入るまで文庫本や平凡社ライブラリー本は隣の納戸に仮置きしたので、そこに取り残したかと見てみたが、やはりなかった。
一、二時間して自宅に戻り、パソコンを前に腰を下ろした。ほどなく、本棚の『ボヴァリー夫人』の隣に『ブレイク詩集』があるのが目に入ってきた。
その本は一、二時間前にもちゃんとあっただろうか。私の注意力が散漫なだけか、知覚異常を起こしているだけなのだろうか。


以上を書いて一日ほどして思い出したことがあった。数年前に読んだ文庫本のことである。小説家の佐藤愛子と霊能者の江原啓之の対談本だった。そのなかで佐藤は北海道の自宅別荘で物がなくなったあと、信じられない場所から出てきたと話していたのを思い出した。

原本に当たってみると、まずコードレス・フォンがなくなり、それはソファのひじ掛けの付け根の奥に押し込んであったが、そのあと車のキーが見当たらなくなり、スペアを使おうとしたらそれも見当たらない。もしやと、さっきのソファの所に行き、同じ所を探ってみると、そこにキーが二つともあったというのである。また、夕方から夜十一時ころまで外出していた間に、換気扇が外されて台所の床の真ん中に置いてあったこともあったそうである。

佐藤は、怖いというよりもあきれ返ったと話していたが、私も別に恐怖も脅威も感じない。ただただ不思議に思うばかりである。対談相手の江原は、佐藤のケースは人間の霊だけでなく自然霊が強く関与しているのではと言っていた。

この本の契約書二通が出版社から届き、署名捺印した一通を返送した翌朝のことである。こんな考えが浮かんできた——あの一連の失せ物事件の内実は、霊的存在がこの本のためにネタを提供してくれたということではなかったか。この本を最後まで読んだ人は、その可能性を否定しないだろう。いったん消えた本は、天使や神を繰り返し詠った『ブレイク詩集』だったのも暗示的ではないか。USBメモリーには、この本の原稿も入っていた。

心臓

三十歳を過ぎたころの話だから、いまから三十年近く前のことになる。

私は大学を出て何年も経っていたが、定職に就かず、アルバイトの収入で口を糊《のり》していた。自分のテーマである胎児時代の経験＝記憶に没入していたが、ミイラ取りがミイラになると言うべきか、当の経験＝記憶に日常の意識はがんじがらめになっていた。まともな作品を仕上げる力もなく、胎児期という半分この世ではない領域にがんじがらめになったせいで、日常の言葉も流暢に話せなくなっていた。そうは言っても、試みを放棄する気にはならず、行き着くところまで行くつもりでいた。

ある日、出張研修だったかで上京してきた母親は、以前から心臓が苦しいと訴えていたが、この間医者に診てもらったら心臓が肥大していると言われたと話した。私は、生まれるとき母体の心臓に大きな負担をかけたのをぼんやり思い出した。出産が長引いた結果として胎児だった私の心臓の鼓動は一時的に止まり、母親の心臓は自身と私の二人分の機能を強いられた時間がつづいたのである（この詳細については、『生まれる前の記憶ガイド』所収の「二十世紀と胎児記憶」で述べた）。

私は、生まれるとき母親にかけたあの負担も少なからず彼女の心臓肥大の遠因になっているように感じた。それに、一般から外れたアウトサイダー的な私の生き方も負担の理由のように思えた。私は、自分の寿命が何年か縮まるのと引き換えに、母親の病気が治癒されるよう祈願しようと思った。しかし無宗教の自分はいったい誰に、どんな存在に祈願すべきかと思った。

アルバイトが終わってアパートに帰り着く十数メートル手前は丘になっていて、そこまで来ると、ぼやけた紺色の夜空に、星がちらほら微かに光るのが見えた。私は毎夜その丘を下りる手前で歩調を一瞬ゆるめ、アパートの屋根の少し上の位置にひときわ大きく白く輝く星（木星だったろう）に視線を当てながら、夜空全体に向けて祈願した。

数ヵ月後の年末、田舎の実家に帰省した。茶の間で家族と過ごしていたとき、母親がそばに寄ってきて、先日レントゲンで心臓を撮ってもらうと肥大はすっかり消えていて、医者はとても同じ人間の心臓と思えないと不思議がっていたと話した。瞬間、祈願が功を奏したと直感した。同時に、自分の寿命が縮むことになったと戦慄が一瞬よぎった。

「医者からもろうた薬が効いたんやろかなぁ……」

母親は、あまり信じていないようなつぶやき口調で私に問いかけた。その瞬間、ある危惧が念頭を占めた。私は、

「そうなんやろうな」

とだけ言い、祈願のことを話さなかった。もしあの祈願のことを話し、その効験を母親が信じたなら、彼女は今後も私に強く依存することになり、それは、まだ行き着くところまで行っていず、先もほとんど見えなかったけれど推し進めるつもりに変わりはなかったあの試みの邪魔になってしまうのではと危惧したのである。そういうわけで、あの祈願のことは家族の誰にも話していない。

母親の心臓肥大が解消したと聞かされたときから二、三年も経っていたろうか。あるときふと、胸に奇妙なできものがあるのに気がついた。乳腺付近の皮膚の盛り上がりに隠れて見えにくい位置に、直径二ミリくらいの血の玉がいつのまにか出来ていた。心臓に近い位置なので、あの祈願と関係があるように思った。鮮やかな血の色が、透明な極小の皮袋を満たしていた。潰したり切り取ったりしたらどうなるだろうと思ったことはあったが、もしそうすれば鮮血が吹き出しつづけそうで、とても実行する勇気はなかった。

直径二ミリほどの血の玉は、その後何年も鮮やかな血の色を保ちつづけた。

破水にまつわる話

胎児だった私はあるとき、頭の後ろのほうからチョロチョロと何かが流れ去るのを感じた。自分の居場所から去ったのを感じた。いまだかつて経験しなかった出来事だった。胎内で熟れた果実のように丸まった体勢でじっとしていた私に、しばらくして二、三人の話し声がポツリポツリ届いてきて、何か事が起きた結果らしいような、いつになくあわただしいような動きや雰囲気が外部から伝わってきた。客観的には早期破水が起きたわけだったが、胎児だった私に当事者意識はほとんどなかった。（ひょっとして、自分のことと関係あるんだろうか……）という程度の意識の仕方だった。身の回りからは、ややひんやりした空気が伝わってきて、これは、私が二月末に生まれた事実と符合する感覚だった。

しばらく経ってあるイメージが、胎児だった私に浮かんできた。湾内の対岸の道路が、海沿いに走っている風景のイメージだった。対岸を遠望したようなアングルで見えた。私が生まれたのは能登半島の内湾に面した小さな町だった。ずっと後年になってこの記憶を思い出したとき、この風景のイメージは、実家のある町の中心部から西外れのU地区やその向こう隣のO地区あたりにかけての風景に似ていると感じた。まもなく生まれようとしていた場所のイメージが、胎児だった自分にテレパシー的に伝わってきたのかもしれないと思った。

その後何年も経って、母親がこの破水のときのことを問わず語りに話したことがあった。なんでも、父親が自転車を漕いで、どこかの産婆を呼びに行ったという話だった。その話を先日ふと思い出すとともに、ある想像が浮かんできた。破水のあと胎児の私に浮かんできたあのイメージ中の、町外れのU地区やO地区に似た海辺の風景は、父親が自転車を漕いでまさにU地区やO地区を通ったことのしるしではないかと。

母親に詳しく訊いてみると、はじめ父親はすぐ近所の産婆の家へ行ったが留守だったので、町から遠く離れたS地区に住む産婆の家まで自転車を漕いで行ったということだった。S地区の産婆が実家に着いたとき、外出から戻ってきた近所の産婆も実家へ駆けつけてきて、鉢合わせになったらしかった。

S地区もやはり湾岸に面しており、そこへ行くには海沿いの道をU地区とO地区を通ることになる。初産で破水したという出来事に、父親の意識はこれまでにないほど強く胎内の私に向けられただろう。途切れることがなかっただろう彼の思いの波動を無意識ながら受けた胎内の私に、その人物が自転車を漕いでいく道筋の風景がイメージとなって浮かんできたということではないだろうか。

実家は、いまもそうだが、海辺から一キロほど離れた場所にあった。実家からかなり離れた海辺のイメージが胎児だった私に浮かんだのは、そのイメージはこれから生まれる町の地理的な表象だったからというより、父親の思いや行動と具体的・現在的につながっていたからだったと考えるほうが自然ではないか。胎児だった私は、父親という存在を意識したことはなかったが、あの海辺の風景のイメージは、私がまだ知らなかった肉親とのそういうテレパシー的な交感によって浮かんできたのではないか。

もっともその場合、父親とのテレパシー的な交感だけでなく、胎児だった私に遠隔透視の能力も働いていたことになるだろう。現在の私にそんな能力はないけれど。

ちなみに、あの破水からすぐ出産にはならなかった。陣痛は、何日か日を置いてからはじまった。

ところで、U地区や0地区の海辺の風景に似たあのイメージに関して付け加えておくことがある。最初からあのようなイメージが、胎児だった私に浮かんだのではなかった。はじめは、球面状のものが浮かんできた。その球面の上半分くらいを帯状に陸地が取り囲んでいた。かなりの上空の高所から地球を眺め下ろした光景ということになる。胎児だった私は、不意のことでもあり、一体何が浮かんできたのかも、なぜそんなものが浮かんできたのかも判らなかったが、そのあと視点が急に低くなるとともに、黒い影が右と思えば左、左と思えば右と何度も異常にめまぐるしく方向を変えながら眼前を過ぎたあと、対岸あたりからU地区や0地区を眺めたようなあの風景イメージが現われ、定着したのである。衛星写真から平地の写真への移行に伴うような定着の仕方だった。

視点位置のこうした移行や、黒い影のめまぐるしい通過と　方向転換に関しては、ある記憶が浮かんでくる。子宮に入る前、両親となる男女が交わっている光景の記憶である。これについてはα場面と名づけて『脳・胎児記憶・性』で言及したが、あの記憶中の、自我ないし霊魂として宙に浮かんでいた私から見えた男女の光景は、最初のころ視点がめまぐるしく変化した。それは宙に浮かんだ私のほうが位置を激しく変えていたからだった。破水があったときの胎児の私にU地区や0地区の湾岸風景のイメージが浮かんでくる前に視点がめまぐるしく変わったのも、子宮に入る前のそのような激しい位置変動が無意識のうちに反復されたのではなかったか。それは単なる反復ではなく、何よりも回顧のかたち——魂のレヴェルでの回顧であり、この回顧は同時に、やがて迎える出生の、やはり魂のレヴェルでの準備現象だったように思われる。

人の死の直後には、それまでの人生経験が走馬灯のように急速に展開すると言われている。破水のあのとき、私の眼前でめまぐるしく方向を変えた黒い影も、子宮に入る前の私自身の振舞いの、魂のレヴェルでの回顧だったのだろう。

また、視点がめまぐるしく変わる前に浮かんだ、非常な高空から地球表面を眺め下ろしたとしか考えられない風景イメージも回顧の現われであり、男女の交わりの場面に立ち会う以前に定住していた場所——天界の存在を示唆しているように思われる。

旅

カプセルホテル

かねがね思い知らされていたことだが、シンクロニシティというのは時として、テーマ的に同種の事象を連続的に引き寄せる。類は友を呼ぶと言おうか。これも、ある日の夕方から、勤務先で上原という青年と組んだときの話である。上原が事務室内のテレビのチャンネルをプロ野球中継に合わせると、ジャイアンツの上原が登板していた。ここ数年、プロ野球のテレビ放送をまったくといっていいほど見なくなっていた私だったが、以前に上原と組んだときもテレビではジャイアンツの上原が登板していたと思い出した。それを上原に言うと、彼は、

「私のここでの仕事のローテーションも、上原の先発ローテーションも、同じ曜日なんですよ」

と説明した。それから一時間とたたないうちに来客があった。書類が提出されたが、提出者は上原

という人だった。

次の日の夜のこと、妻子を残して失踪した三十前後の男性を捜し出すテレビ番組を見ていた。東欧の熟年婦人が日本地図を見ながら失踪男性の思念に同調して、彼は名古屋に居ると透視した。名古屋から目撃者の連絡があるだろうとも言い、実際にそのとおりになった。本人が確認され、彼が寝泊まりしている、名古屋市内のサウナ付きホテルの入り口付近が、画像をボカされて映し出された。歩道から階段を上がった二階が入り口になっている造りだった。

名古屋市内で、同じように歩道から階段を上がって中二階に入り口ドアがあるカプセルホテルに泊まったことがあったのを私は思い出した。名古屋駅から徒歩七、八分のところにあり、一年足らずのあいだに二度泊まった。最初は四年前、名古屋で乗り換えて知多半島を南下し、半島の突端付近に点在する島々に高速艇で渡って観光したあと、北上して投宿した。カプセルホテルというものに一度も泊まったことがなかったので、その興味もあった。受付カウンターの手前に備えつけた自販機に宿泊料金を投入すると、領収書その他が発券されるシステムになっていた。

二度目は、その翌年の秋口に、宝塚の鉄斎美術館を訪れたあと、信州へ行く途中に投宿した。サウナと大浴場が付いていて、泊まらずにサウナだけ利用する客も少なくないようだった。朝食を摂った広いダイニングルームの壁に、中日ドラゴンズの選手たちのサインが飾ってあった。選手たちが、名古屋ドームでのホームゲーム終了後の息抜きに使っていたのだろう。

ホテルのビルは七、八階建てで、一階（というか、歩道から階段を数段下りるのだったから半地下と言うべきだろうが）は、消費者金融だったたか信販会社だったたかの店になっていて、ホテル全体も確か、その店の経営になっていた。店名までは思い出せなかったが、東京では目にした覚えのない店名だった。ホテルを右に見て、名古屋駅から遠ざかる方向へ数十メートル行くと、高速の高架が横切っていた。

番組が進むうちに、テレビ局に雇われて監視していた探偵社の社員と失踪男性のおばが、男性が利用しているホテル前の道で男性を呼び止め、言葉を交わす場面になった。男性は最近このおばに無言電話を掛けてきたことがあり、ホテルでもこのおばの姓を名乗っていた。

そのとき画面に、フロントへの階段の上がり際にある縦長の看板が、たまたまボカシなしで映った。カタカナで四文字の店名が大きく書いてあった。ある英語の名詞をカタカナ表記したのが店名になっていた。私が泊まったホテルの一階にあった消費者金融だったたか信販会社もそんなような名前だったたと思い出した。その看板の数倍の大きさがあり、階段を挟んで反対側にある真四角な看板についても、依然としてボカされてはいたが、うっすら記憶がよみがえってきた。

男性はおばと間近で対面しても、彼女を知らないと言い張った。カメラは、これから行くところがあると言って去っていく失踪男性の後ろ姿を追った。男性の行く手はホテルを右に見た方向で、少し先には、高速の高架が横切っているのが見えていた。私が泊まったカプセルホテルにほぼまちがいなかった。ホテルの隣あたりの居酒屋か何かの店先に、たぶん店名を黒く書いた茶色い弓張り提灯が吊ってあるのも映った。夕食やみやげ物を求めて外出したとき、この提灯のそばを通った覚えがあった。

男性は結局その後、自分が失踪した本人だと認めたが、番組の間中、男性はその妻から名前で呼びかけられていた。番組の司会者やホステスやレポーターや芸能人ゲストたちも、それにならって、彼の名前をさんづけで呼んでいた。それを繰り返し繰り返し聞かされるたびに、私はむずがゆいような感じを味わわされていた。彼の名前と私の名前は、字はちがうが、発音はまったく同じだったからである。


この話にはまだつづきがある。

冒頭で私は、シンクロニシティは、テーマ的に同種の事象を引き寄せると書いた。類は友を呼ぶとも。

そのとき念頭にあったのは、名前のシンクロニシティが連日起きたことだった。つまり、上原という名前に関する一致が二重にも三重にも生じた次の日、こんどは、私自身の名前に関するシンクロニシティが起こったと。念頭にあったのは、それだけだった。

ただ、あのホテルに中日ドラゴンズの選手のサインが飾られていたのと、前日の上原のシンクロニシティでジャイアンツの上原が関係していたのとが照らし合わされて、(おや。プロ野球の要素もちょっとからんでるな……)とは思った。

ところが、前段までの文章を書いた次の日、朝目が覚めてほどなく、気がついた。あのテレビ番組の司会者は板東英二だった。彼は元中日ドラゴンズの選手で、ジャイアンツの上原と同じくピッチャーだった。ピッチャーのシンクロニシティと中日のシンクロニシティが起きていたのである。

谷崎の墓

数年前の年の暮れ、二泊三日で丹後地方を旅する予定でいた。けれども、例年になく日本海地方で降雪がつづいたので、最初の半日を京都見物に当てた。ぜひというほどではなかったが、行ってみたい場所もあった。哲学の道沿いの法然院にあると知っていた谷崎潤一郎の墓だった。

その数カ月前の夏、谷崎が書いた推理小説系のものを一つか二つ読んでみようと、犯罪小説集と銘打った谷崎作品の文庫本を近所の図書館で手に取った。私は谷崎の幾つかの有名作品に、胎児期の経験＝記憶の反映があることを拙著『胎児たちの密儀』で書いていたが、図書館の書棚の前でその文庫本の解説をパラパラめくると、収録作の『柳湯の事件』に関して引用を交えて述べられていて、この短篇も胎児記憶を反映する作品と知ることになった。

『柳湯の事件』は、同類の谷崎作品のなかでも、最もなまなましい反映を見せていた。詳細は拙著『脳・胎児記憶・性』で書いたので繰り返さないが、要するに、谷崎が産まれようとしていたときに受けた子宮の激動や、子宮の肉を踏んだときに受けたにちがいない反動感や感触がきわめてリアルに再現されていたのである。『柳湯の事件』を未読だったころ、私は『胎児たちの密儀』で、晩年の谷崎の『瘋癲老人日記』には、陣痛がはじまったころ胎児の足が子宮壁を踏みつけた経験＝記憶の反映があると思われると書いた。だから、『柳湯の事件』によって持説が確証されたと思い、嬉しかった。

谷崎は『柳湯の事件』で、出生時経験を反映する表現を主人公青年の狂気の幻覚とし、それを中核として短篇全体をつくっていた。おそらく主人公青年の幻覚的経験は、谷崎自身の夢のなかか幻覚で生じたことそのままだっただろう。そして谷崎は、ただの夢ないし幻覚とは片づけられないリアルさを強迫的にそこに感じ、それを芸術的に消化しようとしたのだろう。それを抑圧したり排除したりせず、手厚くくるみこむように谷崎は『柳湯の事件』を構成していた。主人公青年の驚きやパニックは、谷崎自身の驚きでありパニックだったろう。私は谷崎の懸命さ・誠実さを感じて強く感動した。

私は三年前に引っ越して来てからときたま、自宅から少し離れた所にあった銭湯に通っていた。ラドン温浴が魅力だった。その屋号が、同じ柳湯で、そこに通ううちに『柳湯の事件』に出合ったという成り行きも面白いと思った。『柳湯の事件』に出合った図書館と柳湯も互いに近所で、二、三百メートルしか離れていなかった。

京都へは何度か来ていたが、最後に訪れたのは八、九年も前だった。そのことも旅程を一部京都に当てる誘因になっていた。谷崎の墓の写真は、三十年以上前に神田神保町の古本屋で買った小学館版の百科事典で見て、好ましく思っていた。私は墓というものに特別の思いは持っていないが、谷崎の墓は形態が風雅だった。

京都駅には、午少し前に新幹線で着いた。すっかり様変わりしていた駅構内で昼食を済ませ、バスでまず東福寺へ行った。そのあと、近所だからと舐めてかかっていた泉涌寺は、たどり着くまでに思いのほか遠く、山坂にも屈して途中であきらめ、第一目的の法然院へ向かった。

白沙山荘前から十数年ぶりで哲学の道を歩いた。途中まで歩いた限りでだが、空気が俗化していた。前に同じ季節に訪れたときより空気や疏水の水に清冽さが乏しくなっていた。荒廃した印象さえ受けた。法然院への小さな案内板に従って疏水をまたぎ、東山のほうへそれるにつれ、緑が増え、空気が森閑となってきた。坂を上り詰めると法然院の山門の横手に出た。

山門をくぐった先にあった前庭の苔のひろがりが美しかった。静けさがなによりだった。熟年の男女が二人、離れて庭掃除をしていたが、竹ぼうきを使うその動作も静けさと溶け合っていた。庭は院の横手へつづいていたが、裏手は閉ざされていた。反対側の横手も同じだった。墓地は奥にあって関係者しか入れないことになっているのかもしれないと思った。

やがて山門を出たとき、私は谷崎の墓にまみえるのをあきらめていた。そのまま帰途につこうとしてふと、参道の脇の木立に半ば遮られた山の斜面が墓地になっているのに気がついた。墓掃除の人も一人見えた。

墓地は段々に設けられていた。上の方ではと推測しながら、端のほうから最上段まで登り、十メートルほど歩を進めると、百科事典の写真で見た、「寂」の字が行書で中央に彫り込まれた少し横長の丸っこい砂岩の墓石が、壇から一メートルほど引っ込んだところに見えた。百科事典の写真と比べて、風化のためか表面が一部変色し、さびれて見えた。もっとも、百科事典も、前述したように三十年以上前に出版されたものだったが。

立ち止まって、斜め前にあった墓石に対面した。まもなく頭部にジーンと、圧迫感が起きてきた。ジーンとした波動が頭部をぴったり隙間なく、まるで毛糸の帽子をかぶったみたいに覆い包んでいる感じだった。最初は本能的に緊張したが、ジーンは一種の充実感を伴っていて、不快でも気味悪くもなかった。それは、谷崎の墓石と対面するあいだ持続した。

同じ壇上の少し距離を置いた横に、谷崎夫人のものと思われる、同じ砂岩の、こちらは縦長の墓石があった。これに対面すると、頭部を包み込むようだった圧迫感は消えた。去り際にもう一度谷崎の墓石に対面し、こんどは合掌すると、また、ジーンとした圧迫感が頭部に戻ってきた。さっきよりやや弱まっていたが。

ひょっとして、谷崎の霊が来ていたのだろうか。そうではないかもしれないが、谷崎夫人の墓では何も特別な感覚は起きなかったから、何らかの霊的存在による私へのサインであるのは少なくとも確かなように思われた。

数週間前から、いやもっと以前から私は頭脳に疲れを感じていて、硬い本を読む場合、とくに難渋していた。難解で知られるヴァレリーの評論集を旅行バッグに入れてきていたが、年が明けてから読みにかかると、驚くほどスムースに読み進められた。谷崎の墓の前で頭部をジーンと包み込んだあの波動によって治療されたようにも思われてきた。京都に着いてから年が明けるまでは一行も読まなかったから、自然と休養になっただけのことかもしれないが。

谷崎の墓の隣、厳密には谷崎夫人の墓の隣りには、思いがけなかったことに、好きな画家の福田平八郎の墓があった。水面を隈なく覆いつくして浮かぶ桜の花びらの一枚一枚の軽さを、肩のこらない呼吸で描いた、瞑想的と言ってもいい絵にとくに長らく親しんだが、この画家の誕生日は、私と同じなのだった。

これにはまだつづきがあった。京都方面の小旅行を終えて能登の実家で年を越し、帰京してから数日後の夜だった。ときどき見るテレビの美術番組の時間になっていたので、そのチャンネルのリモコンボタンを押すと、福田平八郎の有名な「雨」が映し出された。福田の絵がその回のテーマになっていたのである。この「雨」も、谷崎の墓の写真が載っていた百科事典で親しんだ絵だった。

こんなこともあったと思い出した。私が谷崎の作品を初めて読んだのは新潮文庫の『春琴抄』で、四十年以上前の高校一年の夏だった。夜遅くに読み終え、次の日の新聞で谷崎が死去したという記事を読んだ。夏休みがはじまって一週間ほど後だったのも思い出す。

ある快感

何年か前の六月下旬の土曜日、初めて潮来を訪れた。何日か前、テレビの美術番組で小堀進という故人の水彩画展が潮来で開催中だと、ほんの一、二分間だけ紹介された。そのうちの十秒内外の僅かな間にクローズアップされたある絵の、水辺の上の爽やかに鮮やかな空のひろがりに惹かれた。水面の上方で虹が珍しくも垂直に垂れた別の絵も、数秒クローズアップされた。それで、気分転換を兼ね、観に出かけた。

会場は二箇所に分かれていた。駅から遠い方へ最初に行った。徒歩で十五分ほどだった。そこの展示はワンルームだけで、特別引きつけられる作品はなかった。入場無料だったので、秀作のほうは、有料だという他の会場に集められているのだろうと思った。裏手は公園になっていた。潮来駅から来る途中の橋の上から見えた、観光の中心となっているとおぼしき川岸の湿地帯のあやめの群落はあらかた散ったりしぼんだりしていたが、この公園のあやめの群落はまだほとんど咲き残っていた。私の好きなポプラがあやめの群落に沿って数本立っているのも嬉しかった。細かな葉群《はむら》がさわさわと風にそよぐ繊細な音を楽しんだ。

もう一つの会場へは、潮来駅方向に戻りながら歩いて十分ほどだった。こちらは一階のほとんど全フロアと二階の一室にわたって展示されていた。テレビの小さな画面で見た、水辺の上の鮮烈に清々しい空の絵もあった。けれども実物はテレビ画面の十倍二十倍もの大きさだったので、すぐにそれと気がつかなかった。実物から受ける空の印象もかなりちがっていた。「初秋」という題で、芸術院賞を受けたと説明書きがあった。

会場を出ると、潮来駅前から東京行きのバスが出る時刻まで一時間半ほどあった。最初の会場へ行く途中の橋の上から木道が設けられているのも見えた川沿いの湿地帯へ行った。私は木道を歩くのが趣味に近いくらい好きである。モーターを付けた舟が観光客を乗せてときどき川を過ぎて行ったが、味気ないような進み方で、乗船料も安くなかった。市営の遊覧施設があるという掲示板があり、それが指示する方向へ川沿いに行くと、やがて見えてきた。乗船料は安価で、モーターではなく櫓漕ぎなのも風情があって気に入った。係員に訊いてみると所要時間は四十分ほどだったので、乗ることにした。

やがて乗り場に舟が横付けされた。私はどちらが前なのかもろくに確かめず、とりあえず端っこの隅に乗り移って腰を下ろすと、ユニフォームの法被《はっぴ》を着た熟年係員が逆向きだと教えてくれた。それに従って体を向きかえると、すぐ目の前が舳先だった。舳先は未知の方向に向いていた。

私の他に乗った客は、子どもが二人と母親、そしてその姑か実母の計四人だった。三十代後半とおぼしき青年が船頭で、あやめ色のゆかたを着たまだ二十歳前らしい女の子がガイド役だった。

私たちの舟が船着場からかなり遠ざかったころ、ほぼまっすぐな水路がゆるくカーブしはじめた。船頭の青年が、乗客の私たちにザッと笑顔を振り向け、私たちも許してくれるだろうという含みの声で、ガイド役の女の子の名を呼んで言った。

「もうちょっと行ったらあっちから見えなくなって、怒られる心配もないから、漕いでみっか？」

女の子はうなずき、引き返し地点の少し手前から青年に代わって櫓を取った。既に何度か経験はあるらしく、やや不慣れさが感じられる程度の櫓さばきだった。櫓がきしる音も本職の青年とちがって柔らかく、舟の進ませ方もおのずと丁寧になるせいか、乗り心地もむしろ彼女のほうがいいなと私は思った。そのうち、ゆっくりと両岸の景色がうつろっていくのを感じていた私の頭のなかで、ある比類のない強い明確な快感が起こりはじめた。快感に伴って、頭のなかが黄金色の光に満たされているようなイメージが持続した。

（あぁ、何年ぶりだろう……）

思いもかけなかったこのプレゼントに心のなかで呟きながら、これと同種の快感を一番最後に受けたときを振り返った。三十代後半のことだったから、十数年前のことになった。

快感の原因が何なのかは、すぐにわかっていた。それは私の二、三メートル背後に立って櫓を漕いでいる女の子にちがいなかった。彼女のあまり馴れない、それだけに専心な漕ぎぶりが原因にちがいなかった。

それは十数年前にも二、三の場合に経験したことで、どの場合にも若い女の子が近距離で関与していた。

その一例は、当時アルバイト先の近くにあってときどき夕食に利用したO駅前の食堂で、母親がやっているその店を手伝っていた女の子だった。彼女は二十代前半だったと思う。そして彼女の場合も、二、三メートル離れただけの流し場で洗い物をしていたのと連動して、私の頭のなかで快感が持続した。私は彼女に恋愛感情や何か特別な感情を抱いていたわけではなかった。狭い店内で初めて彼女と短時間同居したときにそれは起きた。

まだ二十歳前らしい女の子が櫓を漕いだことで起きた強い快感は、彼女が青年と漕ぎを交代した直前までの数分間、途切れることなくつづいた。

十数年前のO駅前の食堂内の場合でも、快感は数分持続した。ただ、快感の質は異なっていた。十数年前の快感は、炭酸飲料の泡立ちに似たヴァイブレーションが頭のなかで持続し、その痺れのような感覚が快感になっていた。潮来の櫓漕ぎの舟のなかでの快感と比べると、強度は同じくらいだったが、十数年前のあのヴァイブレーションは摩擦感・抵抗感の現われだったと思われ、それだけピュアリティに欠け、濁っていたと言えるような気がするが、潮来の舟での快感はまったくと言っていいほど澄明《ちょうめい》だった。充溢感があり、それが長々とつづくあまり、これ以上受容しきれない感じにさえ、やがてなった。

若い女の子を介してのことなので、それは性感なのではないかと考える人がいるかもしれない。だが、そうではないと思う。あの快感は対象を性的に意識せずに起きた。快感が起きたあとで、それが女の子の存在によると知ったのであり、その逆ではなかった。それに、結果として性意識や性感が刺激されたわけでもなかった。性器に変化が起きもしなかった。

それに、頭のなかで起きるこの快感を私は、小学生時代にもしばしば経験していた。その場合も女性を介して起きた。だから、性意識・性経験は、むしろあの快感の発生を妨げるのではないかと思う。

それに、潮来のケースでもO駅前のケースでも若い女性が関与していた事実が意味するのは、彼女たちのほうでも性経験がほとんどないか浅かったということではないかと思う。快感を受ける私のほうが独身でいるという状態も成立要因になっているのだろう。つまり、双方が性意識・性経験に埋没しきっていないというのが、あの快感を成立させる条件だと思われる。十数年前の数年間は、女性との肉体関係はなかったし、潮来で櫓漕ぎの舟に乗ったときも同様な状況が二年ほどつづいていた。

人体には、脊柱に沿って頭頂部まで不可視のチャクラが七種備わっていると言われ、最下位のチャクラは性器の近くにある。従って、性経験はエネルギーの受容性をそらす傾向があると想像される。エネルギーの受容性がある程度でも保持されているなら、頭頂部のチャクラとのつながりが生じるということではないだろうか。

子ども時代のケースでは、たとえば店員の女性が私の目の前で商品を包装するような場合に起きた。だから、以上すべての場合に共通しているのは、女性による手仕事ということである。

O駅前の彼女より二、三年前にも、一回だけだったが、同種の快感を経験したことがあった。このケースの〈彼女〉は二十二、三歳だったと思う。〈彼女〉は地方巡演の人形劇団員で、私はその事務所でアルバイトをしていたが、その日〈彼女〉はかなりの人数分の食器類を洗っていて、水道水を出しっぱなしにしていた。同じ出しっぱなしでも男の場合のように粗暴な音がせず、優しい音がすると感じたのも思い出す。

O駅前のケースでは快感を経験した日が三、四回あったが、やはり店の流し場で〈彼女〉が食器を洗っていた最中だった。人形劇団の〈彼女〉の場合も水仕事をしていた。この共通点には以前から気づいていて、頭のなかで快感を生じさせる何らかの伝導的な役目を、水が果たしていると思われた。仕事に専心する〈彼女〉たちから発散されるピュアなエネルギーは、そのままではその場付近に滞留するだけだが、水仕事のなかで生じる水の運動に乗って、たとえば水の乱反射的運動に乗って、離れた場所にいる他者にまで届くというような現象を私は想像していた。

ところが、潮来に行ったときから一ヵ月半もたってからようやく、潮来でのあのときの〈彼女〉も水仕事をしていたと気づいた。水路の水を櫓で漕ぐという水仕事である。

二股に分かれた木の枝や同形の針金を両手に持って地面を歩くと、木の枝や針金がひとりでに動く。するとその下に水道管が埋まっていたり、水脈が見つかったりする。いわゆるダウジングである。水道管内の水にしろ、水脈にしろ、水の分子群は乱反射的に運動している。この、水の運動エネルギーそのものが、ダウジングの場合も、地中物質を透過しながら遠く放射され、木の枝や針金を持った人間に伝わるのではという考えも浮かんでくる。

潮来での経験が付加されたことによって、他の要因にも気づくことになった。O駅前の店での数回の快感体験のうち、どういうわけか他の場合と比べてはっきりと快感の強度が弱く、そのためかえって記憶に残ることになった経験があった。そのときも〈彼女〉はもちろん水仕事をしていたが、私と〈彼女〉の位置関係が特別なものになっていたとようやく気づいた。

あのとき私は、店の奥の流しに立った〈彼女〉の姿が目に入る位置に坐っていた。それと比較して、その二、三年前の劇団員の〈彼女〉の場合は、私は〈彼女〉に背を向けていたし、潮来の舟のなかでも、舳先に腰を下ろしていた私は〈彼女〉に背を向けていた。O駅前の食堂での最初の日でも、私はたまたま〈彼女〉に背を向けたテーブル席に腰を下ろしていた。

つまり、〈彼女〉への視覚が生ずる条件下では、快感に直結する知覚能力がその分だけ減殺されてしまい、快感知覚のキャパシティも薄まると考えられる。O駅前の食堂での弱い快感体験しかなかったあの日はそもそも、私は快感への期待から、彼女の姿が目に入るような席をあえて選んで坐った。やがて期待通り快感が生じはじめて継続したが、それはどこか薄弱で、ゆらいだり切れ切れになったりした。私は快感がはじまるやそれをより強く濃く引き出そうと、いつしか〈彼女〉に目を当てつづけていた。そんな粗雑で性急な欲求が、かえって快感の受容を遮り、濁らせたのにちがいなかった。

私がその店に行く時刻には、たいてい他に客は誰もいなかった。店主もいないことが多かった。この条件も、快感受容にかなっていたのだろうと思う。だが〈彼女〉に目を当てながら快感を引き入れようとしたあの日は、客は相変わらず私だけだったが、店主も居た。店主は〈彼女〉の母親とおぼしく、次に行ったとき、店主は私を数瞬控えめに注視した。娘への私の関心を感知したのだろう。

次に行ったときは、その日も私は〈彼女〉が見える位置に席を取ったが、店主は〈彼女〉に何か一言二言告げて店の外へ姿を消した。それは、良い意味か悪い意味かはともかく私の存在を意識してのことと感じたので、私は気持に負担を感じ、煩わしくもなって、その店へ行かなくなり、この実験的体験も中断してしまうことになった。

ただ、一方に〈彼女〉がいて、もう一方に私という男性がいるという事実は依然として残る以上、あの快感に性的要素がまったくないとまで断言すべきではないかもしれない。

この点に関してすぐ思い浮かぶのは、世の男女が互いに相求め合うのは、元々一体だった人間の男女が原初の状態に戻ろうとするためなのだという、プラトンの例の寓話である。私のあの快感も、そんな原初の一体化を求める本能的な反応とも考えられる。あの快感は、性差という〈電位差〉が一時的に解消（ないし極小化）された融合感だったのではないかと。

潮来へ行った二、三ヵ月後のこと、勤め先のトイレを使ったあと通路に出ると、筋向いの流し場で、派遣社員の若い女性がこちらに背を向けて水仕事をしていた。めったにないことだった。水は出しっぱなしだったが、音からして水量は細かった。しかし、流し場の前を通りすぎるや、脳内に微かに例の快感が生じた。私は反射的に足を止めた。勤務がはじまるまでまだ時間があり、通路にはほかに誰も居なかった。ほんとうは流し場の入り口に立っていたかったが、いくら背を向けた恰好だとしても彼女に気づかれれば変質者と思われかねなかったので、しばらく彼女の視界外に立って、快感を味わった。水量が少ないのにたぶん比例していたのだろう、快感は淡いままだったが、水音が絶えなかったためだろう、快感は途切れることはなかった。

誰かが通りかかるかもしれないので、私はすぐそばにあった自分の持ち場へのドアを開け、一歩中へ入った。そして内側のノブに手をかけてドアが閉まらないようにし、背を向けて立った。この態勢なら、誰かの目に留まっても異様さは薄らぎ、探し物でもしているぐらいに思われるだろうと考えた。

しかし、水仕事の場からはそれだけ離れることになったので、ちょうど壁を隔てて聞こえる声のように、快感もくぐもったようにいっそう淡くなってしまった。


この本の「赤い玉・青い玉」の末尾で挙げた関英男の『サイ科学の全貌』を読んだのは、以上の文章を書いた数年後だったが、第一章で興味深い記述に出合った。水の分子を構成する水素原子二個と酸素原子一個が作る角度は常に104度30分だが、その半分の52度15分は、宇宙エネルギーの集積装置と見られるピラミッドの斜面の角度にきわめて近いというのである。水が媒介になったあの快感も、宇宙エネルギーだったのか地球のエネルギーだったのかはともかく、何らかのエネルギーが脳に集まった結果にちがいない。

白山比咩神社《しらやまひめじんじゃ》

　年末に金沢に立ち寄り、友人のNとUと三人で会う約束をしていたが、金沢駅まで車で出迎えてくれたNは、Uは仕事の都合で二時間ほど遅れると言った。三人が落ち合うのはU宅だったが、市の郊外地にあるU宅からそれほど遠くはない鶴来の白山比咩神社へそのままNの運転で行くことにした。

　数年前もやはりUが遅れることになり、Nの運転でそこへ行った。それが私にとって最初の鶴来訪問で、両側に低い家並みがつづく町なかの通りを参道のようなおもむきにして、その突き当たり奥に淡い蘇芳《すおう》色の山塊が穏やかにそびえていたのが好印象として残っていた。浦上玉堂の絵に出てくるようなかたちの山だった。

　前回もそうだったが、今回も早めの初詣のつもりだった。白山比咩神社が近くなると、私の坐っていた助手席の左の視界奥には、雪の色をところどころにちりばめた濃紺色の山系の重なりが見えてきた。中腹より少し高みに平坦な台地状の場所があり、饅頭のような形の山塊が三つか四つ横一線に連なっていたが、その一つ一つが味のある、心ひかれる形をしていた。古墳の跡だったのだろうか、ちょっと人工的に見えるかたちだった。

　まもなく私の左の横顔に冷気が当たってきた。冬のさなかだったから、車内を冷房していたわけもなかったし、窓を開けていたわけでもなかった。それに冷気は一瞬で、横顔に当たる程度のひろがりしかなかった。断続して二度ほど、ゆっくりフワリと当たってきた。左からだったから、濃紺色の山系が見える方角からだった。私は霊的現象のように感じたので、最初の冷気が触れてくるや、その感覚を思わずNに告げた。Nは何も感じていないようだったが。冷気と言っても、気味の悪い感じはなく、清爽な、快くさえある感覚だった。

やがてNは神社脇の駐車場に車を乗り入れながら、駐車場に面した料亭の方に頸を瞬間小さく振り向け、つい先日、そこの経営者が猟銃の暴発で亡くなったばかりだと話した。あとでU宅に麻雀メンバーとして来たNの友人は、あれは自殺だったらしいと言ったが。

参拝を終え、車に戻った。右手の山系中に饅頭のような形が横一線に連なった、心ひかれる山塊がふたたび見えはじめたころ、こんどは右の横顔にさっきと同様な冷気がまたフワリと当たってきた。私はまた同じ現象が起きたことをNに告げた。冷気が当たってきたのは、さっきと同じく、山系のある方向だった。今回はNのほうが私よりそちらに近い位置に居たわけだが、こんども彼は何も感じていないらしかった。数秒後、ふたたび冷気がフワリと右の横顔に当たってきた。つづけてそれにかぶせるように、何かまるで生き物の戯れのような気配を漂わせながら、冷気がまた横顔にフワリと、こんどはやや弱めに当たった。

私は、山系の中腹より少し高みに饅頭のような形が横一線に連なっている景色を振り向いた。それが視界の後ろに去っていく前に、ちょっとあいさつしたつもりに自然となった。

事のついでに、一友人にからんだ面白い事実を書き留めておこう。

十数年前、Uが当時勤務していた会社がローマ・パリのツアーを組み、Uも参加した際のことである。ツアー客たちがパリで投宿することになったのは、モンパルナスのPLMホテルだった。その数年前、私がベケットに会いにパリに行ったときベケットが指定したのが、この同じホテルのカフェだった。Uと同行した彼の妻もこの偶然の一致には絶句したらしい。Uがカフェのボーイに、私とベケットが写ったスナップを見せると、そのテーブルまで案内してくれたそうである。テーブル上には、二、三年前に死去したベケットの記念に、そこがお気に入りの席だったと記した十センチ四方くらいの真鍮板が打ち付けてあった。Uはそれを写真に撮り、あとで私に郵送してくれた。


以上の文章を私のサイトにアップした約二ヵ月後の九月二日、配達された北国新聞に実家の茶の間でザッと目を通していると、興味深い記事が目に入ってきた。白山比咩神社に近い八幡遺跡で白山市教育委員会が進めている、十世紀から十五世紀の寺院跡の発掘調査の途中報告の記事だった。

この八幡遺跡の東側に位置する後高山《しりたか》には修行者がこもって宗教的な儀式がおこなわれていて、そのお堂の跡もあり、白山へ向かう尾根伝いにも宗教遺跡が点在しているとあった。後高山は、Nの運転する車に乗っていた私の横顔に何度となく冷気が当たってきた方向に位置することになる。私が心ひかれた、饅頭のようなかたちの横一線に並んだ山塊はどうやら、後高山に属するとみていいようだ。あの冷気は、千年ほども前に盛んにおこなわれていた修行とどこかでつながっているように思えてくる（ちなみに、獅子吼高原というのは後高山の観光用の名前である）。

遺影

（どうしてこう何度も、降られるんだろう……）

二〇一〇年の三月下旬、真鶴の中川一政記念館に行った帰りに小田原城に寄ったあと、徒歩で小田原駅に向かう途中、晴天から降り出した雨に遭ってそう思った。天気雨にあったのは、今年になってもう三度目くらいだった。雲一つない真っ青な空からキラキラと白く光りながらまばらに降ってきたのでむしろ爽やかなほどで、何か霊的なしるしのような気もした。数分降っただけで、小田原駅に着く前にやんだ。翌月、実家に越して来て二週間ほどしてまた天気雨にあった。町はずれの能登自動車道に近いスーパーの敷地内に自転車を乗り入れようとしたときだった。このときはほんの十秒か二十秒くらい降っただけだった。

それから約二週間後の月末、隣町の総持寺を訪れることにした。バスが終点一つ手前の停留所を過ぎたころ、そばの窓ガラスが濡れてきた。またしても天気雨だった。終点に着くとまもなくやんだ。

夕方近くに帰宅し、夜になってから電話で訃報が入った。亡父の実質的な養父だった人の長男の妻だった。九十に近い享年だった。バスに乗っていたとき天気雨に遭ったのは、彼女が死去した時刻だったのかと思ったが、あとで訊くと、死去したのはその数時間前らしかった。それに、数カ月の間に何度も天気雨に遭ったのは、ことごとく彼女の死を予示していたと言えば言いすぎになるようにも思えた。彼女とそれほど濃い交流があったわけではなく、ここ二、三年、硬直した彼女の脚に気を施していくらか楽にしてあげたことが数度あったぐらいだった。

　四十九日の法事は、都合で四十九日より数日前に、葬式と同じく彼女の実家でおこなわれた。私は最前列に静坐していた。仏壇から少し離れた左手に、小さな焼香台が置いてあり、額入りの遺影が飾られていた。仏壇のすぐ右手には小さな机があり、その上にも遺影の額が置いてあったが、こちらはハガキくらいの大きさだった。焼香台の遺影はおそらく、この小さいほうの写真を引き伸ばしたもので、そのためにややぼやけていたが、小さいほうの写真はとても鮮明だった。私は隣りに坐っていた親族の男性にそのカラー写真を指して、

「何か、とっても立体的に見えますよね」

　驚き声でそう言ったが、言葉の内容は抑制していた。ほんとうは、まるで生身のようだと言いたかったのである。

「確かに、輪郭がくっきりしてますね」

　と相手は応じたが、私の驚きに感応しているふうはなかった。

　やがて読経がはじまった。小さいほうの写真に目をやると、彼女の口は動いているように見えた。唇が横に長くなったり、収縮したりしているように見えた。それがほんの数瞬のことなら気のせいだと言われても仕方がないかもしれないが、私が目を当てていた十分以上の間ずっと、〈彼女〉の口

は動きつづけていた。人間の顔は口が動くと、その動きは頬に弱まりながらもひろがるし、こめかみのほうにも微かながらも表われるものだが、このときもそうだった。〈彼女〉の顔全体や衣服も、CGのように立体的に映っていた。気体状の立体を成しているように見えた。

そのうち私は飽いて、読経に耳を傾けた。十分かそこら経って再びその写真に目を向けると、〈彼女〉の口の動きはさっきほど盛んでなくなっていたが、顔全体が生動している感じなのは変わりなかった。

それなら、〈彼女〉は私に何か特別な情報を伝えたかったのかと考えてみると、なんとなくそうではなかったように思える。たぶん、無事息災で居ると伝えたいだけだったのではと思う。

それから一ヶ月あまり経った七月半ばの午前中、家で留守番をしていた。茶の間に寝転んで本を読んでいる途中ふと、隣の仏間の鴨居にかけた祖父の遺影の額が境の簾戸《すど》(夏障子)にさえぎられて半分ほど見えた。全部が見えるよう、寝転んだまま体をずらせた。祖父の遺影はモノクロで、やはり元の写真を引き伸ばしたものだったが、同じ大きさのあの〈彼女〉の遺影ほど不鮮明ではなかった。遺影中の祖父の顔は立体的に見え、〈彼女〉のときのようには口は特別動かなかったが、いま現に生きている感じで、顔の肌には光沢があり、顔全体が休みなく微妙に生動して見えた。見ている限り、その状態がつづいた。遺影のある鴨居のあたりはやや薄暗かった。

その後一時間くらいして私は家に鍵をかけ、自転車で町はずれのスーパーに買い物に行った。レンタルしたDVDを返却するついでもあった。DVDの店はスーパーと隣り合っていて、書店でもあった。この店には私の読みたいような本はあまり置いてないので、取り寄せてもらうことはあっても本のコーナーに寄ることはほとんどなかった。DVDを返却して店を出ようとしてふと、本のコーナーに行ってみる気になった。目に見えない存在にそばからそう促されたような感じを受けた。そういう場合、昨今の私はそれに素直に従うことにしている。

とりあえず文庫本コーナーへ行くと、一、二ヶ月前、ここのPHP文庫コーナーで飯田史彦の『生きがいの創造』を探したけれどなかったのを思い出した。探してみると、こんどはあった。補充したのだろう。『生きがいの創造』という人生訓めいた表題に拒否反応を起こした一方、私自身は生きがいを失ってもいなかったので気を引かれないでいた本だったが、知人の池川明氏が非常に評価していたので興味を引かれるようになっていた。

目次を開いてみると、「鏡視」の実験方法という言葉が目に入ってきた。何となく遺影の現象とつながりがあるような気がした。買って帰り、第一章を読み終えると待てなくなり、「鏡視」の実験方法のページに飛んで読んでみた。

「鏡視」とは手短に言えば、真っ暗な小部屋のなかで背後に薄暗い電気スタンドだけを置いた状態で、自分の姿が映らない高さに置いた鏡のなかの闇を見つづけると、数分から数十分で鏡のなかに死者の姿が見えたり、そこから飛び出してきたり、最初から鏡の外側に現れたりするというのだった。その姿は立体感があるとこの実験に参加した人物の一人が述べていた。私が〈彼女〉や祖父の遺影から感じた立体感と通い合うものがあるように思えた。

「鏡視」は古代ギリシアでおこなわれていた方法だったとのことである。

この本では、退行催眠による前世の記憶浮上の興味深い事例が幾つも紹介されていた。特別興趣を感じた事例があったので要約的に書き留めておこう。

チェコ出身のトランスパーソナル心理学者のグロフは、ロシアのある修道院の修道士たちが葬られている墓地を訪れたとき、あるミイラの前へ来ると、心の深部から感情の波が湧き上がってくるような気分になった。その数年後、アメリカで退行催眠を受けると、あの修道院の修道士となってあの墓地に葬られたときの自分の死骸を見た。死骸の両手は変形していたが、それは、あの修道院を訪れたとき心の深部から感情の波を湧き上がらせたあのミイラの両手と同じ状態だった。

とりわけ興趣を感じたのは、中島敦の短篇『木乃伊』（筑摩書房刊『ちくま日本文学全集36』所収）との類似だった。この短篇の主人公は、前世での自分のミイラと対面する。事実は小説より奇なりと言うが、この場合、小説は事実より奇なりと言うべきか。中島はグロフの体験を予告していたと想像してみたくなる。調べてみると、中島の『木乃伊』が書かれたのはグロフが生まれた十年ほどあとだった。中島予告説とシンクロするわけである。

もう二十年以上前の話になるが、私はグロフと手紙のやりとりをしたことがあった。そういえば、その際にもシンクロ現象があったのを思い出す。

私はグロフの『脳を超えて』（春秋社刊）で彼が胎児記憶の年季の入った研究者だと知り、薬物や介助なしに自分の胎児記憶をよみがえらせることができると手紙を書いた。グロフは、不条理演劇は胎児記憶と関係があるような気がすると書いてもいたので、ベケット作品と胎児記憶との密接な関係についても書いた。

グロフから返事が来て、君の書いたものを英語で幾らかでも読めたらとあったので、拙著『ベケットの解読』の第一章を英訳して送った。するとグロフはいつか君と会ってディスカッションをしたいと書いてきたので、気をよくし、『ベケットの解読』の全文を訳しはじめた。出来上がるのに二ヶ月以上かかったと思うが、分厚くなった手書きの訳稿をグロフに航空便で送って一週間後、ベケットの訃報が外電を通して新聞に載った。

カリフォルニアのグロフ宅に東京の私からの航空便が届くのは発送して約一週間後だった。グロフも当然、ベケットの訃報を知っただろう。つまり彼は私からの『ベケットの解読』の訳稿を受け取ったとほぼ時を同じくして、ベケットの訃報を知ったことになる。たとえ同じ日ではなかったとしても、ズレは一日くらいだったろうから、グロフはシンクロニシティを感じたにちがいないと思う。

以上の文章を書き終えた二週間ほどあとの八月上旬の午前中、留守番をしていると出先の老母から電話があり、小荷物を持って来てくれるよう頼まれた。自転車で五分もかからない距離だった。荷物を前籠に入れ、漕ぎ出した自転車が数メートル先の橋まで行かないうちに、ちょっとギョッとなった。やや冷たい液体が半袖から露出した腕を不意にドロッと濡らしたからである。一漕ぎ、二漕ぎするとまた腕に液体がかかってきた。自転車を進めながら、液体が落ちてきた晴れ上がった空のほうを反射的に見上げてようやくわかった。またしても天気雨だった。数メートル進んでようやく次の一滴が体に当たるという、非常にまばらな降り方だったが、一滴一滴が大粒だった。天気雨は、今年に入ってこれで六回目くらいだった。

それから一ヵ月後の九月中旬の午前中、橋の同じ場所でまた天気雨に降られた。こんどは逆方向からほぼ渡り終えようとした頃合いだった。一ヶ月前と降りはじめの位置はほぼ同じだった。

これで、今年になって七回目くらいである。

それから半年あまり後の花見時の午前中、高校時代の同級生Yの葬儀のある奥能登の斎場に行った。Yとは三年前、学生時代以来四十年ぶりに、機縁があって再会した。組織の長となっていたYは嫌味もアクもなく、純情を失っていないのに感心したが、私の家を訪れて玄関の土間を入ってくる彼の姿を見たとき、持って生まれた寿命を大きく使い果たしている印象を受けた。その印象はすぐに無意識化したけれど。

まだあまり参列者で埋まっていなかった斎場の椅子に腰掛け、十数メートル先の祭壇に対していると、中央の、額に納められたYのカラー写真の遺影に異変が見えた。写真のバックは桃色だったが、その桃色はそのままでYの遺影の笑顔だけが立体化して見え、笑顔のその3D画像はホワッ、ホワッ、ホワッと一瞬ごとにめまぐるしく更新されつづけた。直前の画像と多少のズレを呈しながら、湧くように現われた。更新されたどの画像も元の遺影ほど鮮明ではなかったが、どの画像も笑顔であり、一つ一つが異なった笑顔に見えた。最新の画像の背後に、それ以前の画像が二つほど重なっている状態が持続していた。笑顔のバックは桃色だったので、全体が花のようだった。

遺影から視線を外し、またおのずと視線を戻しても、Yの笑顔の3D画像の更新はやまなかった。気のせいか、私がこの現象に飽いて遺影から視線を外すやいなや、普通の遺影にすぐに変わるような感じだった。参列者の焼香がはじまったころようやく、この現象はおさまった。葬儀が始まる前からだったから、二、三十分つづいたのである。

焼香が終わると、Yの僚友が弔辞を読んだ。彼は、Yは他界する二日前、癌がリンパに転移していたけれど頭ははっきりしていて、一人娘の婚姻届と、娘の夫でYの後継になる男性との養子縁組届けに署名したと伝えた。そしてその同じ日、病室のYが変なことを口にしていると、不安になったYの妻から携帯でメールを受け取ったというエピソードを披露した。

Yは、自分が病室の天井に居て、皆が下のほうに居るのが見えると、現在形で妻に話したらしかった。ベッドに横たわりながら、天井に居ると現在形で口にしたのは、譫妄《せんもう》などではなく、Yの自我意識が肉体から離脱するという状態が定常化しつつあったからだと思う。

帰宅して夜になってから、Yの遺影の3D画像が二、三十分にもわたって更新されつづけたことの意味がわかったように思った。

遺影というものは過去のものである。遺影の笑顔も過去のものである。しかし絶えず更新しつづけたYのあの笑顔は、彼の現在の笑顔であることを強調しようとした、Yの私へのシグナルだったように思えてきた。

Yが死去して一年が廻ろうとしていた。

私は読んだばかりの翻訳本の著者のアメリカ人女性に関してインターネット検索をしてみた。講演のため来日をしたというサイトがあり、クリックすると、講演中の当人らしい女性が、開いたパソコンを置いた低い小机を前に立った写真がアップされていた。写真はとても小さく、顔の幅はほんの二、三ミリだったが、翻訳本の表紙カバーにあった写真より全体的にずっと若く見えた。もう少しよく見ようと、手元の拡大鏡を使うと、顔の幅は五ミリくらいになった。すると顔立ちは依然不明瞭なままだったが、口元や顎を中心に顔全体が形を変えながら講演のライブ映像であるかのようにゆっくりと休みなく動いて見えつづけた。

この写真はYや親戚の女性の場合のように遺影ではない。写真の女性は死者ではない。すると論理的にこう言えないだろうか。この女性は肉体外の次元で非常に活動的であると。

この女性はバーバラ・アン・ブレナンで、オーラやチャクラをきわめて明確に透視することによって長年ヒーリングをおこなってきた人だった。

後遺空間

二、三日田舎に行っていた間のある夜、NHKのBSで映画「阿弥陀堂だより」をやっていた。はじまって十数分経っていた。数年前、池袋の新文芸坐で観ていたが、BSで眼に入ってきた画面は、唖然としたほど完全に記憶から消えてしまっていた。それで、終わりまで観てみようと思った。舞台になっていた伊那地方の緑の山並みのてっぺんに浮かび立った雪白色の清らかな山容の記憶にも惹かれていた。

夕方近くになって十人ほどの子どもたちが家路につく場面にやがてなった。ロング・ショット画面の中央を、あまり大きくない鳥居が見える視界中央奥から土色の道が真っ直ぐこちらへ伸びていて、その道を子どもたちの集団が歩いてくる。その道はやがて尽きて左右に分かれているようで、つまりT字路になっているらしかったが、そのこちら側の小高い土手のひろがりに、小さな樹木が一本立っていた。演出家によって人工的に移植されたものだと感じた。樹木の葉群《はむら》にはモザイク状の細かい隙間がたくさんあり、その隙間から、こちらへ歩いてくる子どもたちの体の一部がチラチラ動く様子が見えるようにと意図したらしく思えた。演出の細やかさから、同じ小泉堯史監督の「雨あがる」の斬りあいシーンでのすばらしく効果的だった風の吹きざまを連想した。「阿弥陀堂だより」の最後のシーンのやはりロング・ショットには、阿弥陀堂の前で愉快に遊び戯れる老若男女三人の左のほうに小さな桃色の花をたくさん付けた一本の木があったが、あれも移植だったのだろう。いや、造花だったのかもしれない。そんなことを思うと、「阿弥陀堂だより」の子どもたちが家路につくあのシーン中の、道の奥に立っていた鳥居も、オープンセットとして造りつけたのではと思えてきた。

二十年くらい前、小栗康平の「死の棘」を観たときも、主人公たちの住み家の前にススキなどの植栽が配されているのを観たときは、人工的な手際がそこに付着していると感じた。ずっとあとになって案の定、監督が手ずから植えて配したものだったと知った。

小学生だったころ近所の映画館で観た、黒澤明の「天国と地獄」の一シーンが連想されてくる。身代金を受け取る前に走行中の列車内から、誘拐された子どもの無事を確認させるシーンだったが、犯人一味の一人と子ども一人が映し出された線路際の地所のモノクロ・シーンがスクリーンに現われた瞬間、当時小学四、五年生だった私は異様な感覚を味わった。言いようのない不自然さをそこから感じたと言ってもいい。大人に付き添われた子どもが立っている高い段丘上の地面の、二人が居るあたりの何もない空間が異様に不自然なものに映った。

何年も後になって、あのシーンを効果的に撮るために黒澤は、もともとそこに建っていた家を、あとで復元するという約束のもとで撤去させたと知った。小学生だった私が、大人と子ども二人が立っていたあたりの空間を異様とも不自然とも感じたのは、暴力的といってもいいほどにそこから撤去された物があったのを漠然と感知していたからだったと思う。あのシーンに映っていたのは、そういう、いわば後遺空間でもあったのだ。

そういえば「阿弥陀堂だより」の監督は、黒澤明の晩期の助監督だった。黒澤は初のカラー作品「どですかでん」では、地面に落ちた家の影を黒く描いて撮影したような監督でもあったから（封切りを観た当時ハイティーンだった私は、偽の影に気づかなかった）、樹木を移植したり造花を植えたりするのも黒澤からの伝承の産物だと言えるかもしれない。「阿弥陀堂だより」中の、樹木が移植されて配置された空間もまた、一種の後遺空間だと言えるだろう。

後遺空間は、見かけ上は透明な空間である。しかし、何が後遺しているかと言えば、以前にそこにあった事物の印象だろう。言い換えると、後遺空間には、かつてその場を占めていた事物が後遺空間という鏡にひそやかに映し出されているのではないだろうか。それに対する漠然とした知覚と、現にある何もない空間とのギャップが、小学生だった私に異様さと不自然さを感じさせたのではないだろうか。小学生だった私は、そこに建っていた家などまったく見たことはなかったにもかかわらず、何もない空間の〈鏡〉が映していたかつての存在物をぼんやり感じ取ったのだろう。

何もない空間の〈鏡〉とは、空間そのものが持つ記憶と言ってもいいのではないだろうか。「阿弥陀堂だより」の場合は、観たのは二度目だった。だから、ストーリーの進行に意識が奪われる度合いが小さくなるとともに、もともとの空間に存在しなかった物が付け加えられているという知覚が自然と表に出てきたのだろう。

北山崎、大震災、原発事故

三月七日か八日だったと思う。十数年前東北を一人旅したときに訪れた陸中海岸の北山崎の景色が日中ふと、ぼんやり浮かんできた。（あそこで地震が起きたなら、せっかくの景観はそこなわれないだろうか。大丈夫なんだろうか……）そう思った。

東北の太平洋沖で地震津波が発生して沿岸部に大災害をもたらしたのは、それから二、三日後だった。いまは三月十三日の午前で、北山崎はどうなっているかのマスコミ情報は伝わってこないが、あれは地震津波の予感だったのだといまにして思う。あそこで地震が起きたならと思ったとき、北山崎の岩壁が波に襲われるフィーリングもよぎっていて、その波によって景観がそこなわれることを危惧したのだった。津波という言葉までは浮かばなかったが。

こんど被災した地方で私がかつて実際に訪れた場所のうちもっとも心に残っていたのは北山崎だった。だから地震の予感は、心的なつながりの強かった北山崎を通して現われたのだと思う。北山崎より惹かれていた場所があったなら、そこの景色が浮かんだのだと思う。北山崎の景観は地震でそこなわれないだろうかというあの思いは、まず最初に地震の予感を無意識に受け、それに対して心が自然と反応した結果、内心につぶやかれたのだろう。近いうちに地震が起きるとはそのとき露思わなかったが、それは、予感ないし予知が私自身からではなく他から来たことを示しているだろう。

そのとき私は一時的にトランス状態になっていたのだと思う。だから、トランス状態で受けた情報内容をそのまますぐ忘れたのだろう。そのとき私は自宅に居たのは確かだが、自宅のどこに居たのかははっきりしない。それも、トランス状態に入っていたしるしだろう。独りで居たとはぼんやりと覚えているから、書斎に居たのだろう。

私は書斎に居るとき、書いたり読んだり音楽を聴いたりするのと同じほど、いやそれ以上かもしれないが、何もしないでいる状態を好み、尊重もする。読むときは、気に入った本の場合がとくにそうだが、読むのをやめて何もしない状態にしばらく入り、喜ばしさとともにまた読みに入るというのを規則的に繰り返しながら通読する。この場合、読むことと何もしないことの両方は呼吸的な関係にたぶんあるのだ。

そういう何もしていない状態から、あのときトランス状態に自然と入ったのにちがいない。その入り方も、こうだったのではないか。まず、前トランス状態というべき状態があった。これは私の場合、何もしていないときに定常化しているかほぼ定常化している状態である。この状態で東北に関する何らかの異変情報に接触し、次により深くトランス状態に本能的に入ったことで、より具体的にあの北山崎の景色イメージが結ばれたのだと思う。

十数年前、予定した日に北山崎に着くと、濃霧で視界は二、三メートルしかなく、私一人をそこまで乗せてきた公営のマイクロバスの運転手は気の毒そうにしていた。翌日、帰京する日、朝早く起床し、もう一度北山崎を訪れて景観を堪能した。断崖の真下の岸辺まで降りていき、臨場感を味わってみたりもした。地震の数日前にぼんやり浮かんできた北山崎の景色イメージは、観光写真などでよくあるような、高所から遠望したものではなく、海面に近い高さから見たもので、構図の手前、視点の間際まで海面がひろがっていた。あれは、十数年前、断崖の下の波打ち際まで降りたときに目に入ってきた風景の記憶だったにちがいない。十数年前、波打ち際まで降りて見たときと同じように、あの景色イメージでも対岸の断崖が見通しの大半を塞いでいた。

地震当日私はたまたま、羽田空港の能登空港行きの搭乗口に居た。前日の夜、宇宿允人《うすきまさと》指揮のコンサートがサントリーホールで開かれる予定で、私は半年ほど前にチケットを予約購入していたが、一週間前、指揮者の体調不良のためコンサートをキャンセルする速達メール便が届いた。そのわずか数日後に指揮者は死去したのだったが、私は予約購入していた往復航空券をキャンセルしなかった。東京は一年ぶりだったし、田舎で流通していない商品も買いたかった。調べ物もあった。

あと五分ほどで能登行きの搭乗案内がはじまるというとき、まず足元の床が小刻みに揺れ、そのうち、床から三メートルほどの高さの仰角《ぎょうかく》の位置に固定されていた薄型テレビが大きく横揺れしはじめた。途中から揺れが大きくなったのも珍しく、経験したことのないほど長く揺れつづけた。あとで知ったが、近接した三箇所で連続的に大きな地震が起きたのだった。窓の外、滑走路のはるか向こうのお台場方面のビルの屋上から、太い黒煙がやがて上がった。搭乗口の隣のシートに居た六十代とおぼしい男性は、テレビで石巻市の様子が映し出されると、兄がそこに住んでいて、この間福島に強い地震があったので気をつけるよう電話で言ったばかりだったと私に話した。この時点での報道は限られていて、あれほど広範囲の惨害になっているとは思わなかった。

はじめ三十分程度遅れるとアナウンスされたが、結局欠航となり、空港内で一夜を明かした。昼食には都内某店でランチのうな丼を食べたが、エネルギーを蓄えておかねばと言う気になぜかなり、滅多にないことだったが、ご飯を大盛りにした。おかげで夕食時になっても食事のことをすっかり忘れていたほどだったが、あれも淡い予感が強いたことだったような気がする。

田舎で買えない商品を幾種類か買い込んだなかに、乾燥ワカメが２パックあった。都内で暮らしていたころ品質の良さからこの七、八年愛用し、切らしたことがなかった商品だったが、そういえば岩手産だった。ワカメの養殖場も惨憺たる状態だろう。復興・再開の日を期する。それまで一度もなかったことに、その商品は一割引になっていた。それも被災と微妙にシンクロしていたようにいまは思える。

テレビの画面がほんの数秒たまたま映した、被災した道路近辺の、どこへ何キロ、どこまで何キロというふうに、細い棒状の案内標識が三つほど並んでいる映像のことも思い浮かんでくる。どの案内標識の中央部にも、白波が跳ねている同一デザインの絵柄が付けてあり、津波を連想せざるをえなかった。いま気がついたが、白波を描いたそれぞれの棒の上部は道路側に二十度くらい折れ曲がったデザインになっていた。それさえも、津波に捻じ曲げられた家々の予感的表象のように見えてくるのだ。

以上を書いた翌日のいま、テレビの報道で福島第一原発で放射能漏れが発生し、付近住民は避難を余儀なくされたと知った。ワカメに含まれるヨウ素は放射能汚染に効能がある。何かシンロニシティ的である。

右のことを書いた翌日、何年か前に勤務先のテレビでたまたま、福島原発の青い建屋が並列するさまを海側の宙空から移動撮影した映像を見たときのことがよみがえってきた。青い外壁の上部のほとんどのひろがりに、千切れたような形の白い断片の集合が絵画的にデザインされているのを見てびっくりし、そばに居た同僚に言うともなく、まるで事故が起きて施設が破壊されるシンボルみたいじゃないかというような意味のことを思わず声高に発した。「あんなデザインにしたセンスを疑う」と叫ぶように言ったのも思い出す。縁起でもないと思ったのである。

あのデザインは、以前、別の文章で書いた、憑依的デザインの一例ではないだろうか。デザインの対象が雰囲気的に帯びている表出性（あるいは警告性）にデザイナーがいわば憑依され、責任者もそのデザインを被憑依的に許容してしまう一例ではないだろうか。

ともかく、あのテレビ画面を見て、事故が起きて施設が破壊されるシンボルみたいじゃないかと言った数年後に、その言葉が現実となったわけだった（雰囲気的に帯びている表出性ないし警告性は、福島原発の場合、どこから発したのだろうか。デザイナーが意識的に表現した可能性も考えられなくはないが、精霊ないし自然霊的存在ではないだろうか。そう思うと、原発外壁のあの千切れたような形の白い断片の集合は、自然霊たちの警告する姿の表現のようにも見えてくる）。

事故が起きても人間がすぐに始末できないような、つまりは責任を負い切れないような施設を今後も存続させるべきか、考え直す良い機会だと思う。ヨウ素やセシウムなどの放射性元素は目に見えないが、目に見えないものは放射性元素ぐらいしか存在しないとみなすような、福島第一原発の外壁デザインから何も感じないような粗雑な感性の持ち主が、原発の安全管理をするなど思い上がりというものだ。何年も前に読んだ広瀬隆の本に、原発なしでも火力発電だけで必要電力はまかなえる、稼動させていないだけだとあったが、電力会社はこの点を一般市民にごまかしなしで釈明すべきだと思う。

以上の文章を書きはじめてほどなく浮かんできた小さな出来事があった。けれども、書き進めつつあった文章は現時点に身を置いてのものだったので構成上の抵抗感を覚えた。既にリアルタイムの震災報道に意識が占められつづけていたせいもあったろう。後回しにしようと思い、そのまま何日も忘れてしまっていた。それを以下に記す。

地震当日、昼食を摂る二時間あまり前だった。巣鴨駅前のカプセルホテルに一宿した私は、国会図書館に寄って調べ物をするつもりで最寄りの地下鉄巣鴨駅から都営三田線に乗り込んだ。ラッシュ・アワーだったので、当然坐れなかった。三つ目の春日駅に電車が停まると、降り客と入れ違いに入ってきた数人の乗り客のなかに白髪の高齢男性が居て、ドアから数歩入ったところに立ち位置を定めた。見覚えのある人だなと思った。長袖の白い綿シャツのその人は、乗客一人に半ば遮られながら私とほぼ正対する位置になった。立花隆氏だった。私は翌月出版する予定の『見えない次元』中に立花氏の『証言・臨死体験』の内容に言及していたのを思い出した。それを機縁と思い、氏に話しかけてみようかと思ったが、気後れがして果たさなかった。

次の水道橋駅に着くと乗降客の移動が少しあり、立花氏の姿は隠れて見えなくなった。相変わらず一メートルほど離れていただけだったが。私は乗客の陰になった立花氏を意識しながら、十何年前のことを思い出していた。当時の住所の最寄り駅だった千石から同じこの路線で神保町まで行き、降り客の雑踏に混じって改札口への階段を上っていく途中、隣の人の肩先と私の肩先とがしばらく擦れ合った。反射的に隣を見ると、うつむいて歩を進めていたその人は立花氏だった。

この小さな出来事は、『複脳体験』所収の「ふしぎな一日」で書いたように、その二週間後に起きた地下鉄サリン事件にまつわるシンクロニシティを構成していた。それで、今回また地下鉄で立花氏と会ったのも、いつか将来何か大きな事件が起こる予兆ではないかと思い、この出会いのことは日付も含めて記憶しておこうと思った。数分後、立花氏は大手町で降り、私はその一つ先の乗換駅日比谷で降りた。

その数時間後、あの大地震が起きたのだった。

眠りと夢

連れ

小学四年のころだった。夜眠っているとき知らぬ間に肉体から離脱して、宙を飛行し回遊したことが幾晩かつづいた。なぜそうなったかといえば、何日か前の真夜中、ある霊的存在に案内され、肉体を脱して他界を巡歴した。おそらく、この他界巡歴の後遺現象として自然と容易に肉体から抜け出るようになったのだと思っている（他界巡歴のきっかけや経緯については紙数を要するので、ここでは触れない）。

ある夜、肉体から抜け出て高い宙を、肉体存在から解放された喜びとともに飛び回っていると、私に親しげに擦り寄って来てピタリと寄り添いながら私の飛行と同じスピードと軌跡を保って飛び回る別の霊体があった。はじめは私も肉体から解放された喜びをその誰かと共有している感じになって一緒にはしゃいで飛び回ったが、次の晩もその次の晩も行動を共にするうち、いったいこれは誰なのかという思いが湧き、見知らぬ他者への不安となった。

そのうちに、両方の霊体がからまりあってほどけなくなるかもしれないと思われてきたり、肉体から離脱している状態を何日もつづけるうちに元に戻れなくなってしまうかもしれないとも思われてきた。それで、もう付いて来ないでほしいとその誰かに心で告げると、それを契機に、真夜中いつのまにか肉体から抜け出ている自分を見出すこと自体がなくなった。

肉体を離脱した際の私やもう一人の飛行の具合を描写するのに適切なのは、鉄腕アトムが空を飛ぶときのあの噴射の感じである。アトムの場合の噴射は両足の先端からだが、私の場合も自分の霊体の後端から噴射的なものが休みなく生じて飛行を推進していた。その際、ゴォッというような微かな噴射音的なものを伴っていて、この噴射音的なものは、私と宙を伴走した別の誰かも発していた。

アトムの飛行とのこの共通性を私は偶然ではないと思っている。アトムのあの噴射飛行は、作者手塚治虫自身の肉体離脱の無意識の記憶からイメージを供給されたのではないかと思う。

さて、小学四年生の私やあのもう一人の霊体は、そんなに高い宙を飛び回っていたわけではなかった。天井よりちょっと下の高さを、私の寝床があった離れの八畳の部屋の範囲内で飛び回っていた。私の肉体はその下方の寝床に横たわっていて、その部屋にはほかに二人——妹と弟が眠っていた。とすると、私を慕うようにして一緒に宙を飛び回ったあの霊体は、妹か弟のどちらかと考えておそらくまちがいないだろう。妹か弟のどちらなのかは分からないが。

離れの八畳間の天井近くの宙を飛び回っていた間の私は、私にまといつくように飛び回った誰かを、妹や弟と結びつけては考えなかった。おそらく私は、自分の肉体とのつながりを自分で意識することなく本能的に深く気にかけていて、その結果として、寝床に横たわった自分以外の肉体存在は意識に入らなかったのだろう。

では、あのもう一人の霊体はどういうわけで肉体を離脱したのだろう。おそらく、妹か弟はもともと資質的に肉体から離脱しやすく、以前から睡眠中に離脱しそうになる傾向があったところへ、私が肉体離脱するのを間近で観るか感じるかした機会を得て、私を模倣することで離脱が容易になったのではないだろうか。私を慕うように、付きまとうように飛行したあの情況は、私の離脱を模倣した結果であることを物語っていると思うのである。

空き地の夢

二十年くらい前になるだろうか、なぜか同じ場所が二度三度と夢に出てきたことがあった。百平米あるかないかの、ほぼ平坦な四角い空き地だった。道路に面していて、他の三方は家々に囲まれていた。

夢のなかのその空き地はいつも、夢を見ていた時刻と同じく、暗い夜のなかにあった。あたりに照明らしきものはなかった。はっきりと見えなかったが、空き地の地面全体を這うように覆っている草は、たぶんクローバーだった。空き地を囲む家々から明かりが二、三漏れていたが、その細い弱い光は空き地まで届くほどではなかった。空き地の端には木肌をそのままに生かしたベンチが二つあった。道路と向き合って空地の奥に建った家々は平屋で、長屋風に密集していた。

私はこの夢を見ながら、この場所は現実に存在して、自分も知っている比較的近所にある場所だと思っていた。歩いて十分ほどの白山坂上の商店街の精肉店の隣りあたりだと。白山坂上は五叉路の交差点である。その交差点を、私の生活圏とは逆方向へ渡り、商店街を数十メートル行ったところに、その場所はあった。

その方角へはもう何ヶ月も、いやそれどころかひょっとして一年ほども行ってなかったが、そこは空き地ではなく、どこかの会社の数階建てのビルのはずだった。

夢から覚めたあとの私は、木のベンチがある以外は地面のほとんどがクローバーで覆われているなどというメルヘンチックな場所が都心にいまどきあるはずがないと思っていた。

クローバーそのものを昨今ほとんどみかけなくなっており、私は田舎の母校の小学校の運動場の端っこにオオバコと混じってクローバーが繁茂していた記憶が夢のなかに入り込んできたのだろうというぐらいに解していた。

夢のなかの私は、空き地のクローバーの草地を歩いていたのではなかった。地面から一、二メートル上を飛んでいた。自分の四肢が存在している感覚はなく、視線それ自体が自分の体であるような感じだった。その感じにはかなりの現実感があったので、魂が夢遊状態になって肉体から抜け出して現実のその場所に行っていた経験が反映していたのかもしれないとも思っていた。

最後にその夢を見てから何日もたったある休日の土曜、自然食レストランまでバスで行った。レストランから自宅まで最短距離を取れば二十分ちょっとと踏んだ私は、ランチのあとの腹ごなしに、歩いて帰ることにした。その地域は不案内だったので、ちょっとした探訪気分で歩を進めた。道の りの半分くらい来たとき、夢のなかでそこだと思っていたあの場所の前を通りかかった。そこに建っていたビルは影も形もなくなっており、夢のとおり、空き地になっていた。空き地は夢のとおりほぼ一面にクローバーで覆われていた。木のベンチが二つあるのも同じだった。

空き地の一隅に白い小さな看板が立ててあった。「社屋を取り壊して引っ越すことになりましたが、次のビル工事が始まるまで、長年お世話になった皆様に憩いの場として提供いたします」と書いてあった。

道と向き合って空地の奥にある家々は、夢のなかのように平屋ではなく、二階建てがほとんどだった。しかし、斜面に建っているので、道からは平屋のように見えた。夢のなかではいつも夜だったので、そのへんのところまではっきり見えなかったのかもしれないと思った。

しかしそうはいっても、空き地の周囲三方の家々のたたずまいには、夢のなかの家々とは、微妙という以上のちがいが漂っていた。とくに、道に立って空き地全体を見た場合、その左右にある、道に面した建物は、夢のなかでは左右とも平屋だったが、現実にはどちらも三階建て以上のビルだった。しかも夢のなかの家々には長屋風な感じがあっただけでなく、思い返してみると、細部までほとんど全部木造だったようで、しかもどの家も古色を帯びているというか、時代がかった雰囲気があった。

また、夢のなかの空き地にあった木のベンチ二つは、道のほうから見た場合、空き地の左端のほうにあったが、現実のベンチ二つは空き地の真ん中からやや左寄りの、端とはとても言えない位置にあった。それに、二つのベンチは現実には一メートルほど間隔をあけて並んでいたが、夢のなかでは間隔はもっと大きく空いていた気がした。

自宅に帰ってきてからも私は、考えをめぐらせた。

(あの夢の最中に居た場所を実際に存在する場所だと思ったのは、あの夢が「あの場所の現実」に立脚していたという、何よりの証拠ではないか。それに、二つのベンチの位置は現実とちがっていたが、ベンチそのものは、夢で見たデザインや木質や色合いとそっくりだった……)

さらに考えを推し進めた。

(こんなふうに考えられないだろうか。「あの場所の現実」とは、単なる現在の現実ではなく、現代までのあの場所の様子の歴史でもあるんじゃないか。そういう、あの場所の一種の記憶のようなものが、夢を見ていたおれの意識に戦前か戦後間もないころの家々の様子を映したんじゃないか。おれは夢を通して、空き地になったあの場所の最新の状態と、古い時代の様子とを同時に目にしていたんじゃないだろうか。空き地の周りの家々の夜の闇に沈んだあの様子も、照明に乏しかった古い時代のあの場所の夜の様子だったんじゃないか……)

それから何年かして、あの経験を説明するようなことが書いてある翻訳本に出合った。ルドルフ・シュタイナーの『照応する宇宙』(筑摩書房刊)で、霊界での記憶のあり方が述べられていた。その本には、こうあった——普通の記憶は過去へ向けて流れるが、霊界では空間の方向に流れる。霊界では昨日や一週間前などの過去は、今日から空間的に離れて現れると述べてあった。

あの夢のなかの、クローバーに覆われた空き地と隣り合って古い時代の長屋風の平屋が三方に建っていたというのは、シュタイナーのこの言葉と符節が合うと思った。自分は、眠っている間に無意識に霊界に参入していたらしいと思った。空き地の一、二メートル上を飛んでいたのも霊界参入の象徴的なしるしであり、霊界での経験が夢のなかであのようなかたちをとったのではと思った。

それなら、夢のなかの二つのベンチの位置が現実のそれとちがっていたのは、どういうことになるのかと考えてみた。

霊界という上位の次元との接触によって私の意識は荷重を受け、その結果、物質次元の意識にしわ寄せが行き、元々のイメージが変改されざるをえなくなったのではないか。それで、空き地のほぼ真ん中にあるはずの二つのベンチは端っこへと、荷重によっていわば押し流されてしまったのではないかと思った。

そう思うと、二つのベンチの間隔は夢のなかでは現実より大きく空いていたのも、そういう押し流しをされた結果のように思えてきた。

前世の記憶

十年以上前のこと、中央公論社版「世界の名著」の、プロティノスが収録された巻を本棚から取り出して開いてみたときだった。ポルピュリオスが師のプロティノスについて書いた文章が目に入ってきた。『プロティノスの一生と彼の著作の順序について』という、取っつきにくいタイトルだったが、物語ふうな叙述なので、読んでみることにした。

そのなかのページに、最盛期のアレクサンドリア（前4世紀ごろ）という説明を添えて、アレクサンドリアの小さな略図が掲載されていて、図書館と神殿の位置が明示されていた。私はこの図書館の重要な文献を含む厖大な蔵書が焼き払われてしまったと何かで読んだのを思い出した。

略図のアレクサンドリアは、浜名湖のように両側から細い陸地でほんの少し隙間を残して塞がれた入り江に面していた。この入り江や、海に張り出した岬の図を見るうちに、私の胸中は、鈍いときめきと懐かしさに似たもののために少し熱くなってきた。

海岸からそれほど離れていない小高い丘の、緑に囲まれて上部だけが見える茶色の四角い横長の建物から火の手が上がっていた。

あたりは戦争状態というか、武器を持った者たちが来襲して、武器を持たない人々をあちこちで殺戮していた。人々のなかの一人である私は激しく恐怖に駆られて海岸沿いにほぼ直角に折れて、殺戮のおこなわれている街区から、建物もなければ人気もない地区へ逃げまどっていた。

だが追手は、人間が人間をこれほど憎悪することができるのかと恐怖のさなかで私が驚いたほど、凄まじく引きつった形相で両刃の剣を振りかざしながら私に迫り、追いつこうとしていた。

岸辺から数メートル離れた水面すれすれに大きな光の球が浮んでいた。球の外縁部分は白く、中は透明に見えた。中には、球の直径より少しだけ小さい、白いローブを着けた神聖な感じの、白髪で顎ひげも白い長身の人物が立っていた。

その人物は逃げてくる私に手を差し伸べている感じだった。そこへ到達すれば助かると思い、私は懸命に駆けたが、恐怖で脚がもつれ、思うように進めなかった。海に入り、光の球にもう少しで届くところで倒れてしまい、いまにも殺されるという恐怖で気を失った。場面はそこで途切れ、私は、見ていた夢から覚めた。

あのとき気を失ったと同時に殺されたのだろうと思った。殺される瞬間に魂が抜け出て死んだのかもしれないとも思った。いずれにしろあれが、前世での自分の死の瞬間だったのだろうと思った。

あれはいつの時代のことともが、場所はどこともも知れなかったが、光の球の中の人物の顔立ちや衣服や、追手の兵服などのぼんやりした記憶から、古代の西洋のように思った。

この夢は二十代後半に見た。私が自分の胎児時代の記憶を意識化しようとしていた時期に見た夢だった。夢の衝撃が激しかったせいで、二十年経っても内容を忘れていなかった。

アレクサンドリアの略図が載っている、プロティノスを収録した「世界の名著」の一冊を私が買ったのは、数えてみると、あの夢を見てから七、八年後のことになった。

けれどもこの略図を見たのは、買ってから十数年だったその日がたぶんはじめてだった。買った当初、ページを繰るとき目に触れたことはあったかもしれないが、いや、あったような気がするが、少なくとも、じっくり見たのははじめてだった。

自分の胸中で懐かしさに似た感情とともに起きている鈍いときめきのなかには、危機感に似たものも含まれている感じだった。そしてこれらの感覚は、私の目が略図の岬の上をたどったとき生じていた。

私は、二十年前に見たあの夢のなかで自分が逃げまどった道筋を思い起こした——海沿いに逃走していった。途中、後ろの追手を振り返ったとき、海は右側に見え、街区のある岸辺はほぼ水平に延びていた。その岸辺は、入江になった海沿いに、逃げてきた地域へほぼ垂直に折れてから、向こうの水平な岸辺の長さに劣らないほど長く延びていた（だから、おれが逃走した地帯は岬ではなかったのか）。

だとすれば、略図中のアレクサンドリアの岬と海との位置関係と同じになった。

そうは言っても私は自分がアレクサンドリアで過去生を過ごしたと結論付けたわけではなかった。

よく似た地勢の土地にかつて住んだらしいのは確かであるようには思ったが。

数時間たってからもう一度、私は略図を見た。略図の右側には陸地、左側には海が配されていた。図書館の位置が目に入ってきた。驚きが起こった。

あの夢のなかで火の手が上がっていた、緑に囲まれた四角い横長の建物は、岬を逃走中に振り返ったときに見えていたのだったが、岬の根元から少し右斜め上に位置していた。

略図の図書館――厖大な蔵書とともに焼き払われたアレキサンドリア図書館も、岬の根元から少し右斜め上に位置していた。

とはいえ、夢のなかのあの土地はかつてのアレクサンドリアだったという感は、私のなかでほとんど強まらなかった。

ただ、面白い事実が一つ見つかった。

現在と同様当時も、私は長篇小説を読むのはあまり好きではなかった。まして、現代の作品で翻訳ものとなるとなおさらだった。けれどもアレクサンドリア四重奏と作者ロレンス・ダレルが名づけた長篇四部作は読んだ。あれは、アレクサンドリアという地名に惹かれていた部分があったと思い出した。

次の日、私は思い立って、自室のカラーボックスのなかの一冊のノートに手を伸ばした。

私は二十年前から、読んだ本や作品名をノートに日記ふうに記入していた。それで調べてみると、『アレクサンドリア四重奏』（河出書房新社刊）を読みはじめたのは一九七八年の十二月だった。あの夢を見たのは、たぶん、一九七八年か、七九年だった。どちらが先だったかは不明だが、時期は互いに近かった。だから、両者は相関的な影響関係にあると見て、あの夢のなかの土地はアレクサンドリアであると見ることもできなくはなかった。

それから半年後、私は、イタリアのカンフォラという文献学者がアレクサンドリア図書館について書いた新刊翻訳本をたまたま読んだ。

それによると、アレクサンドリア図書館が焼失したのは三世紀後半、シリアの女王ゼノビアとローマ皇帝アウレリアヌスとの戦いのときだった。しかし、その本によると、この時代には、海から垂直にそびえ立つ城壁があったが、私のあの夢のなかの岸辺には、そういう城壁らしきものはなかった。

マイトレーヤ現象

微かに青みがかった淡い灰色の空に、虹がかかっていた。五彩や七彩ではなく、スペクトルはどれも、金と銀のアマルガムのような輝きを放っていた。虹の弧の、最も反った部分の直ぐ上空に、薄い黄金色に輝く十字架があった。その水平部と垂直部それぞれの幅は細く、四つの先端や、先端と交点との中点それぞれには、雪の結晶に似た装飾的な結節状のかたちがあった。縦横の長さはほぼ同じだった。十字架全体はやや傾いていた。

信じられないような光景だったので、すぐそばにうつむいて何か手仕事をしていた知人に注意を促した。彼がゆっくりと関心なさそうに振り向きかけるや、虹の上の十字架は、窓に貼り付いた雪のようにみるみる溶け消えていき、虹のほうもそれにつれて消えてしまった。

実際に見た光景ではなかった。夢のなかで見た光景だった。夢のなかでの知人のことを目が覚めてから思い起こしてみると、現実の知人の誰にも似ていなかった。一九九八年十二月三十一日の午後十一時四十五分ころに就寝し、真夜中トイレに行ったあとで見た夢だったから、日付は一月一日になっていたことになる。初夢とは正月一日の夜か二日の夜に見る夢だから、この夢はいわば最終夢と言うべきか。

やがて、自作中に書いた虹のことが思い浮かんできた。その虹は、かつて私が見た、ある不思議な現われ方をした虹だったが、この虹の背景の空の色合いと、夢のなかの虹の背景の空の色合いはとても似ていた。

夢のなかの虹は、既に述べたように色合いも輝きも普通の虹とちがっていた。虹のスペクトルのそれぞれの部分は、透明な細い管になっていて、その管のなかを色彩が通っている感じだった。スペクトルの色は一つ一つ少しずつちがっていたが、前述したように金色がかった銀色か、銀色がかった金色で、スペクトルとしてはっきり見えたのは三つほどだった。虹の環の内側寄りの部分は雲状にぼやけていた。

それから二ヵ月たった二月末の日曜の午後、本を返却しに自転車で図書館へ行った。勤め先への途中にある、隣の区の図書館だった。そのあと、遅くなった昼食を摂るつもりで、自転車で十分ほどの地下鉄駅前の立ち食いそば店へ向かった。店の背後方向は深い谷になっていて、昼食後は谷の底にあるスーパーで買い物をしてから、谷の向こうの坂を上がって帰る予定だった。

立ち食いそば店に着く前から、頭のなかで一つの促しと言える刺激が灯っていた。店を出て自転車を漕ぎだすと、またそれが灯った。そこから自転車で二、三分の距離の、さっきとは別の図書館へ行くよう、それは促していた。促しは、立ち食いそば店に入る前よりも強く明確になっていた。それにはある温暖な感覚が伴っていた。

その図書館の入り口近くに設けられた、新しく購入した本のコーナーが思い浮かんできた。そこに、何か面白い本があるということなのか、と思った。あまり気が進まなかったが、私はプラトンの『ティマイオス』に関するちょっとした調べ物をメモしたまま延び延びになっているのを思い出し、それを調べるのを兼ねて、行ってみることにした。

新刊コーナーには、思わしい本はなかった。『ティマイオス』（岩波書店刊）を探すべく哲学コーナーに行った。ふと、後ろの棚を振り向いた。ベンジャミン・クレームの『マイトレーヤの使命・第二巻』（シェア・ジャパン出版刊）が目に飛び込んできた。パラパラめくってみると興味を引かれたので、借り出した。あとで判ったことだが、この日最初に行った図書館にこの本は所蔵されていなかった。

私はその二十年前から読書リストを日記ふうに書きつづけていた。借りてきた『マイトレーヤの使命・第二巻』の前巻を、ある図書館で借りて読んだことがあったのを思い出したので調べてみると、一九九一年十月末から翌月はじめにかけて、全八章のうち二章（第一と第三章）を読んでいた。あの当時は内容について、（ほんとかな）という思いがあり、全部を読む気になれなかった。その内容とは、かつてナザレのイエスに宿ったキリストの霊、すなわちマイトレーヤが、肉体を具えて現在地上で生きているというものだった。

同じ内容は、借りてきた第二巻にも書かれていたが、それ以外の叙述内容も含めて、今回は手応えが強く感じられた。読んでいると、深い集注状態へ引き込まれていく感じがあり、ほんとにキリストはいま肉体を具えてこの世にいるしるしなのかもしれないと思えてきた。

やがて、たぶん前年だったと思うが、民放テレビでマイトレーヤの姿を撮ったと言われる写真がほんの数秒放映されたのを見たことがあったのがよみがえってきた。群衆でごった返した写真だったが、そのなかの誰がマイトレーヤなのかまでは言われていなかった。群衆のなかを探すと、写真の中央部に、その場を立ち去ろうとしているような態勢の、白い衣服を着けた、短髪のインド系と思われる男性の上半身が目に入ってきた。ほんの一目だったが、意志の強固そうな眼差しをしていたこの男性の映像はかなりの印象を私に残していた。

クレーム氏は、ジャーナリストやマスコミ関係者でマイトレーヤに実際に会ったことのある人は、マイトレーヤその人であることを信じるが、それを公に表明するとなると気恥ずかしさをおぼえるという意味のことを書いていた。テレビでのあの放映のされかたも、そうした気恥ずかしさの表われのようでもあった。

何年か前、都内のどこかを歩いていると、クレーム氏の講演会を知らせるポスターがヌッという感じで目に飛び込んできたのがよみがえってきた。それはたぶん、第一巻を二章だけ読んでからそれほど経っていなかったころだった。というのも、クレーム氏の文章を読んだばかりの時機にポスターが目に飛び込んできたことで、押しつけがましいようなものを感じたのを思い出すからである。それでもいったん心が動きかけて講演会に行ってみようかと思いはしたが、結局行かなかった。

ところで、借りだしたクレーム氏の本を私は、興味を引かれる章を拾いながら読んだ。それで最初の章を読みはじめたのは、一週間以上あとからだった。この最初の章で、私の知識になかった次のような箇所にでくわした。

「光の十字架は通常、均等な脚の十字架で、アクエリアス（宝瓶宮）の十字架を表わしています」（石川道子訳）

「均等な脚」の十字架とは、縦と横の長さが同じ十字架のことである。私は一月一日未明に見た夢のなかの十字架を思い出した。私は自作中で言及した虹がかかっていた空と、あの夢のなかで十字架と虹があった空をよく似ていると思ったのだったが、その自作のタイトルとの共通性も意識せざるをえなかった。アクエリアスは宝瓶宮とも水瓶座とも表記されるが、自作のタイトルは『水瓶座シンボル』だった。私のあの夢のなかで虹の上にかかっていた十字架――縦と横の長さが同じで、光輝いていたあの十字架も、まさにアクエリアスの十字架だった。

この十字架は魚座（双魚宮）の時代の霊的観念を物質界に下ろすことを象徴する、言い換えれば、霊を物質に正しく関連づけることを表わすとクレーム氏は付け加えていた。

一ヵ月ほどして私はクレーム氏の本の版元に、日を置いて二度ほど電話した。生身のクレーム氏を見たくなり、こんど氏が来日するのはいつの予定かを訊くためだった。だが、出版の仕事はボランティアの人たちで運営しているらしく、その人たちは日中は普通の勤めに出ているのだろうか、呼び出し音が鳴りつづけるばかりだった。

四月上旬のこと、神保町へある本を探しに行った。ついでに書泉グランデの精神世界コーナーを覗くと、クレーム氏編集の雑誌の最新号とともにバックナンバー数号が置いてあるのを見つけた。二月号を開いてみると、クレーム氏の来日講演会スケジュールのチラシが入っていて、東京での講演会は五月二十二日午後二時からとあった。私の勤務日でない日だった。

当日、会場の神宮外苑の日本青年館へ行った。クレーム氏をなるべく近くから見るために早めに行き、ホール内の最前列から十数列目、ほぼ中央部に席を取った。聴衆の九割方は女性だった。ほどなく、前夜からの寝不足で、二十分ほど居眠りした。目を覚まして十分ほどたった開演二十分前のこと、明らかに外部からという感覚を伴って、ある見えない力に私の頭部は浸された。何か清新な感じの力で、頭蓋内が澄んだ感じになった。私はクレーム氏がいま楽屋に入ったのかなと思った。感覚は十分ほど持続した。

前の年のある午後、やはり頭部に受けた、目に見えない力のことを思い出した。住所から遠い西郷山公園へ山手線とバスを乗り継いで気晴らしに行く途中でのことだった。はじめて足を踏み入れる地区だったので、あらかじめ区分地図で場所を確かめていたが、渋谷駅発のバスを降りると、公園までの距離の見当が大きく外れて、迷いかけていた。そのうち歩道はやや下り坂になり、右手には、刈り揃えた植え込みが高い塀を成して絶壁状につづいた。それに沿って歩を進めてほどなく、頭蓋内に、あるはっきりした感覚が不意に起きた。見えない力でやや乱暴に脳髄を按摩されているような、軽い痛みに近いものを伴った、しかし快い感覚だった。

やがて植え込みの塀が切れ、門の前に来た。看板があった。少し引っ込んだ場所に建物が見え、それはある新興宗教団体のものと知れた。その敷地の前を通り過ぎると、感覚は消えた。そのまま少し歩いてから、試しに引き返して道を逆にたどると、植え込みの場所に来たところでまた感覚が復活した。さっきよりかなり弱まってはいたが。

クレーム氏がステージに入ってきた。

私は戸惑った。私が現に見ている氏の容貌は、既に写真で知っていたハンサムな容貌とはなはだしく異なっていた。別人ではないかと思った。ほとんど醜怪に近い顔立ちに見えた。氏の隣で通訳をしている石川道子氏の容貌も私は写真で既に知っていて、写真はたぶん十数年前のものだったからだろう、少しやせて見えたが、顔立ちは写真と同じだった。私は目を凝らして、目の上に手をかざしたりもして、クレーム氏を見たが、私の知っている氏の容貌をそこから見て取ることはできなかった。もともと私の内部にあった醜怪なものが氏の容貌へおのずと投影されていたのだろうか。それとも、まさにそのような容貌の激変が氏に起きたのだろうか。もし後者だとすれば、氏が登場したとき、大部分の聴衆は生身の氏を見るのはたぶん初めてだったろうから、しかるべき反応が沈黙のうちながら生じただろう。しかしそんな気配は感じられなかった。それとも私が気づかなかっただけで、聴衆は反応を抑制していたのだろうか。

十数メートルの距離が氏と私との間にあった。そのためか、現に目がとらえている対象が幻のようである感じが始終伴っていた。私に見えていたあの醜怪な顔は何だったのだろう……。

講演は、マイトレーヤからのエネルギーを聴衆に伝導するという、クレーム氏による数十分の沈黙行のあとで、はじまった。十五分か二十分して、私はまた居眠りした。寝不足に加えて、講演内容は既に本で読んだことと同じだったからだろう。そのうち、クレーム氏の、いつのまにか強く鋭くなっていた声調に揺り起こされるようにして目が覚めた。腕時計を見ると、ほんの十分ほどしか眠っていない計算だったが、よほど深く眠っていたためか、そのことを意外に思った。

それからさらに十分ほどたった頃合い、氏がマイトレーヤの語を口にしたとたんだった。氏の両肩から上、頭のまわりに、金色の輝きがバッと現われ、しばらくの間定着した。私は目の錯覚かと思い、視線を氏の隣の石川氏に移してみた。だが石川氏のまわりには輝きは何も見えなかった。そして再び視線をクレーム氏に戻すと、やはり金色の輝きが見えた。純粋な金色ではなく、一部微かに茶色や緑色が混じっているように見えた。

その後、講演が終わるまでにこの金色の輝きは、現われてしばらく持続してから消えるのを何度か繰り返した。輝きがやや弱くなって見えるときは、金色は他の色が混じらない、純粋に近い色に見えた。輝きは氏の肩幅より少し幅が狭く、氏の頭からほんの少し上まで延びていた。

そのうちに気がついたのは、輝きは平面的ではないらしいことだった。氏は、微かに赤みのあるライトグレーのスーツを着ていて、客席からは、テーブルに付いた氏の上半身だけが見えたが、スーツの上着の布地からこちら側の空間にも、ほのかな金色の輝きが及んでいた。それは、上着の色が透明な金色越しに見えることで知られた。

それだけではなかった。氏と石川氏のテーブルより少し低い台の上には花束が横たえられていた。そこにも金色めいた光が漂っていた。はじめのうち私はそれを、花束のなかの黄色い花があたりに放っているもののようにぼんやり思いなしていた。しかしそのうち、ちょっと混乱にとらわれたが、どうやら、氏の体のまわりに滞留している金色が花束の白や黄の花々にも及んでいるらしいと気がついた。

講演が終わって数十分の休憩のあと、質疑応答がおこなわれた。休憩の間に聴衆が用紙に書いた質問にクレーム氏が答えた。最初に氏が取り上げた質問用紙では、私と同じように途中居眠りしたことを謝る言葉が連ねてあり、最後に、氏の金色のオーラが見えたと書いてあると氏は内容紹介した。そして氏は、この金色は自分のオーラではなくマイトレーヤからのエネルギーによるものであり、自分のオーラは普通の人と同じようなオーラだと注釈した。

氏がマイトレーヤからのエネルギーと言うあの金色はもう現われないのかと思っていると、数十分後、おのずと熱がこもっていく氏の能弁につれ、また現われた。そして前と同じように、現われてからしばらくの間持続したあと消えるのを数度繰り返した。それらの輝きは全般に、講演時よりも弱く穏やかに見えたが。ジョークを言ったときにも見えた。

氏は、今年中にマイトレーヤが日本のテレビを通して人々に呼びかけると言った。また、来年には、マイトレーヤと協力関係にあるインドのサイババが来日するとも言った。

あれから十年以上経ったが、この二つの予定ないし預言は、現実化していない。その後私はクレーム氏の講演会に行っていないし、氏編集の雑誌も読んでいないので、この件について氏がどう説明しているかは知らない。

本

吉本氏のシルエット

ある日曜の夜、街の書店を覗くと、シュタイナーの新刊文庫本が目にとまった。高橋巖訳『治療教育講義』（筑摩書房刊）である。巻末の付記によると、この翻訳は一九八八年に角川書店から出たものらしいが、未読だったので買い求めた。二、三十ページ読み進んだところで、かつての私自身の経験とヒットする記述にでくわした。

もう七、八年前になるだろうか、立ち寄った大型書店で『埴谷雄高・吉本隆明の世界』（朝日出版社刊）という、大判のムックが平積みされているのが目に留まった。手に取ってみると、中身は、タイトルになっている二人の文学者の写真アルバムの体裁になっていた。パラパラめくるうち、海水パンツ一枚の吉本氏が浜辺に立ったモノクロ写真が目に入ってきた。ハガキの半分くらいの大きさで、吉本氏の向こうには渚のひろがりがあった。氏は背を向けていて、肉付きの薄い細い体躯はほとんどシルエットになっていた。

そのとき私が感じたままをできるだけ正確に記述すると、背中を向けた氏の細い体躯に沿って、輪郭付けるようにゆっくり循環的に動く何か希薄なものが見えた。動いているように見えたのは寸秒のことだったが、それは〈思考〉なのだと感じられた。その有り様は、氏の常態なのだと思われた。私は、海水浴のくつろぎの間も小止みなく動いていたのだろうあの〈思考〉の外的な結果物が、氏の厖大な著述量なのだという感じを持った。感銘を受け、驚きもしたので、この写真を見たのはどの書店だったかも、いまだに覚えている。池袋の旭屋書店だった。

さてシュタイナーは『治療教育講義』で、生きた思考内容というものは、遍在する宇宙エーテルのなかにあると言っている。私自身も、自分が胎児だったとき思考していたと書いたことに対してジャーナリストの平野勝巳さんからかつて訊かれたとき、思考というものはそれほど特別なものではなく、周囲の宙のどこにでもあるものであり、自分で思考しているつもりでも本当は周囲の思考を取り入れているだけなのかもしれないと、似たようなことを言ったことがあるのをいま思い出す。

シュタイナーはさらに、こう言っていた——この世に生きている間の人間は宇宙エーテルから思考内容を引き出すことはできない。人間が持つ思考内容は、霊界からこの世に生まれて自分のエーテル体を形成するときにその全部を受け取る。この思考内容が存在するおかげで、人体を形成したり組織したりする働きが生まれる。

つまり、写真の吉本氏の体を輪郭付けるように動いていると見えたのは、氏がこの世に生をうけた際に宇宙エーテルから受け取り体躯に滞留して形態を取っていた思考内容の動きだったとみることができる。

しかも嬉しいことに、この翻訳本の口絵にあったシュタイナーが描いた図では、エーテル体はまさに肉体を輪郭付けるように取り囲んでいた。

『埴谷雄高・吉本隆明の世界』では、吉本氏の写真は何枚となく掲載されていた。そのなかの特にあの一枚に目を引かれ、その結果〈思考〉を感受することになったのは、氏の体が衣服にほとんど被覆されていなかったからだったような気がする。私よりも〈見える〉人なら、着衣の氏からでも見て取れるのだろうが。

シュタイナーは、こうも言っていた——上述したような思考内容こそが真に生きているのであり、意識というものを造り上げているのもそれなのである。通常の意味の表層的な思考内容はその鏡像のようなものにすぎず、従って、歪みが生じやすく、眠れば消えてしまう。だが、もう一方の思考内容は常に持続している。

ところで、こんなことを言う人がいるかもしれない。お前が吉本氏について言ったことは、氏の生身の体を見た上でのことなら、まぁ認めてやるとしよう。だがお前が見たのは写真にすぎない。写真にどうして思考内容の形態が、エーテル質料が写るのか、と。

それに対しては、こんなふうに言えるように思う。シュタイナーは、エーテル体というものは人体に限らず何にでも備わっていると言っている。動植物や鉱物にも。フィルムが感光するのは、単に物質光ではない。シュタイナーも光の基盤はエーテルレヴェルにあると言っているが、フィルムのエーテル質料は、被写体のエーテル体が持つ光に感応するのではないだろうか。つまり、フィルムには物質体とエーテル体が二重に写ることになる。被写体である人間が衣服を着けていれば、いわば三重写しになる。私の場合、吉本氏が裸体だったので、エーテル要素が遮られる度合いが少なかったということではないだろうか。

ただし、問題はまだ残っている。私が吉本氏の写真から感受した〈思考〉の形態はほんの一、二秒の間だったが、動いているように見えたという点である。写真の像が動くことはありえない。だとするとあれは、私自身の内でそのときに生動していた思考内容を無意識に投射した結果ではないかと思われてくる。

もっと想像を逞しくしてみよう。撮影した瞬間の吉本氏の思考内容の動きが、介在する空間のエーテルを媒体に、フィルムや印画紙のエーテル部分に転写され残存しつづけたという可能性は考えられないだろうか。比較的近年、化学的に実用化されるようになった形状記憶という現象がここで思い浮かんでくる。撮影の瞬間に被写体の思考内容の動きが、フィルムや印画紙のエーテル部分に形状記憶的に（運動記憶的に）転写されると想像したらどうだろうか。

シュタイナーは、記憶はエーテル体に蓄えられると別のところで言っているが、その所説とも通じ合うところがあるではないか。

『埴谷雄高・吉本隆明の世界』中の、吉本氏の海水パンツ姿のシルエット写真を見てから数ヵ月後のことになる。

まったく珍しいことに、拙著の出版企画がある出版社側から提案され、巻末に吉本氏との対談を配す成り行きになった。吉本氏も応諾したが、氏は翌月上旬に旅行に行くので、対談は中旬以降にしてほしいとの意向を編集者から知らされた。対談するのは一ヶ月ほど先のことになった。

それから二、三日後ふと、当時七十を越えていた吉本氏の健康は対談の日までに急変するかもしれないという危惧が私に起こった。つづいてすぐ、吉本氏が海で溺れる映像イメージが一瞬浮んだ。乱れた水音が、あたかも間近で聞くようにそれと同時に聞こえた。海面から出た吉本氏の頭部も、周りの海の色もカラーで見えた。私は、危惧が誇大妄想的なイメージを生んだのだろうと思った。

一週間ほど経ち、出先で夕刊を見ると、吉本氏が西伊豆の土肥の海で溺れて意識不明の重体という記事が目に飛び込んできた。結果的にこの事故は周知のように大事に至らなかったが、乱れた水音とともに吉本氏が溺れるあのカラー映像イメージは、振り返ってみて予知現象だったとみなさざるをえなかった。

ついでに書き留めておくと、吉本氏重体というあの新聞記事を見る数時間前、私は図書館で吉本氏の『最後の親鸞』(春秋社刊)を取り、時間が空いていたのでその「あとがき」を、書架の近くの椅子に腰掛けて読んでいた。氏が土肥の海で溺れたのは、ちょうどそのころだったとも、その新聞記事で知った。

残存音声

昨年死去した小川国夫に会ったことはなかったが、愛読者だったからだろうと思われる、特別な経験をしたのを思い出す。

西洋哲学史を講釈した池田晶子著『考える人』（中央公論社刊）を読んでいると、こんな文章に出合ったことがある。「私たちが他人の内的独白をこの耳で聴くということなど、本来は（或る種の精神病ではあるらしいが）、あり得ないことだからだ。」私が経験したのはその「あり得ないこと」だった。

何年か前のその日私は池袋の旭屋書店に入り、新刊本が平積みされているコーナーの前に来た。平積みされていた本は何十点もあって全体の幅も奥行きもかなりあったが、私の目は漠然と一番手前あたりに向いていた。するとほどなく、

（あぁ、これは『悲しみの港』（朝日新聞刊）を書いた人の本だ……）

そんなつぶやき声が聞こえた。声であると同時に、思いでもあった。声＝思いのトーンには、『悲しみの港』から受けた感銘がにじんでいた。私は思わず目を、平積みされた本のひろがりの一番奥へ移した。そこには、私が最近読んだばかりで見覚えのある本があった。小川国夫の長篇『マグレブ、誘惑として』（講談社刊）だった。私はこの小説を発刊後ただちに読んだが、それは、その一年ほど前同じ作者の『悲しみの港』を読んで深い感銘を受けたのが誘因になっていた。

（あぁ、これは『悲しみの港』を書いた人の本だ）というのは、いま自分が立っているのと同じ場

所に、『悲しみの港』を読んで感銘した人がついさっきか、十分かそこら前に立って、新刊の『マグレブ、誘惑として』を目にして内心に発した声だったにちがいないと直感した。私自身も『悲しみの港』に感銘していたことが、その誰かの思いをキャッチすることになったにちがいないと思った。

それよりさらに何年か前のこと、ある区立図書館のある書棚の前へ来たとき、濃密な悪臭に包まれた。私の数十センチ後ろも書棚であり、他の入館者は視野になかったので、自分の体臭かと一瞬思った。だが、あまりに強烈な異臭だったので、少し前に同じ場所に立っていた別の人物が残した異臭だと思った。それからまもなくそこを離れると、一見して浮浪者とわかる、黒ずくめの服装にコールタールのように厚ぼったく泥だか埃だかわからないものをまとわせた中年男がこちらへ来るのとすれちがった。すれちがうとき、さっき嗅いだのと同じ悪臭がした。

この場合、嗅覚の対象物が空間に残存していたわけだが、旭屋書店の新刊コーナーでは、『悲しみの港』を読んだ誰かの声＝思いが残存していて、同様な感銘を受けていた私が感応したのだろう。(あぁ、これは『悲しみの港』を書いた人の本だ)という誰かの声＝思いがそのあたりに残存していたとしたなら、その声＝思いと同時に持続した視線の方向性も残存していたにちがいない。だからこそ、その誰かの声＝思いを感受した私は、視線の方向性もキャッチして、すぐに目をコーナーの奥に向け、そこに『マグレブ、誘惑として』を見いだしたというわけだろう。

その誰かは女性のようであり、文学作品にいつも親しんでいるというタイプではないフィーリングも伝わってきていた。

小川国夫の『悲しみの港』については、また別の、サイキックな経験が先行していたのも思い出す。

小川の『或る過程』（河出書房新社刊）という自伝的小説を読んだときのことである。小川が結婚してまだ何年もたたないころ、夫人はある懸賞作文に応募し、当選した。夫妻は経済的に恵まれていなかったが、おかげで懸賞の北欧旅行を得た。選者の一人には川端康成がいて、誰が推してくれたか知らないが、当選を有り難く思っていると書いてあった。私は小川の夫人も、夫の文学的営みに近い位置にいた人だったのかとちょっと意外の感を持った。それと同時に、そのわずか数行の文章に、その活字に、その前後の文章とはっきり異なった、濃密にとぐろを巻いて凝結している異様なエネルギーを感じた。エネルギーが凝結しながら、重く不自由に軋《きし》んでいるような感じだった。

『悲しみの港』を読んだのはそれから八ヵ月後のことだった。作中の青年主人公が深く係わる副主人公の女性は、主人公の文学上の営みにシンパシイと親近感を抱く女性として描かれていた。私は、『或る過程』を読んだとき感じ取った凝結的な異様なエネルギーが『悲しみの港』の制作を通して解放され、そのための世界を与えられていると感じた。作中のこの女性には、子ども時代に全国の作文コンクールに入賞したというエピソードが添えられていた。だから、この女性のモデルとなった現実世界の女性は、結婚したあと懸賞作文に応募して当選し、夫と北欧旅行に行ったのではないかと思った。

『赤の書』メモ

二十年前から二十数年前のころ、ある特定の本を読んでいると、行間の余白に薄い黄緑色の光が灯るのが見えるという経験を何度も何度もした。読んでいる行を含めて前後二、三行の行間に、薄い黄緑色が灯って見えた。昼の光のなかでもかなり濃く灯って見えた。内容に集中・没入する結果生ずる現象と思われた。読んでいる間ずっと見えていた。

特定の本というのは、神智学関係の英書だった。アグニ・ヨガ叢書（Agni Yoga Society,Inc 刊）と『寺院の教え』（The Temple of the People 刊）で、前者はロシア語からの英訳だった。アグニ・ヨガ叢書は全十三巻で、最初の二巻が当時邦訳刊行されていたが、この邦訳本を読んでいるとき、灯りは生じなかった。だから、私が英文を和文ほど容易に読めなかったための負荷の大きさも関係があったのだろう。しかしそれだけでなく、別な要素も関係しているように思われた。

というのは、先に挙げた本は両方とも特殊な本で、人霊ではなく肉体を具えた遠方の存在が、霊聴を介して受け手に伝えることで成立した本と言われていたからである。私は漠然と、霊的レヴェルでの何らかの存在性とのつながりないし回路が読書を通して生じた結果が、あのような薄い黄緑色の灯りとなって現われたのではと推測していた。

霊聴の送り手は、マスターとかマハトマとか大師と呼ばれる存在で、人類の精神的進化を速めるために、みずからは次の進化段階に向かわず現生人類とのつながりを保持するほうを選択し、ヒマラヤの秘境に少人数で居住していると言われている。生化学的な手段を周期的に講じることによって自身の肉体の老化を防止できるとも言われていた。ラーマクリシュナは、マハトマは本当に居るのかと弟子に訊かれて、居ると返答している。アグニ・ヨガ叢書の霊聴に関与したのはモリヤと呼ばれる存在で、『寺院の教え』のほうはヒラリオンと呼ばれる存在と言われる。

マハトマ・モリヤからの霊聴を受けたのはヘレナ・レーリッヒという女性だったが、ロシア語から英訳された彼女の書簡集を読んだときも、同様な薄い黄緑色の光が行間に灯った。灯りが見えたのは、以上三種の本だけだった。

他の本を読んでいるときや、パソコンで文章を書いているときに見えたことは稀にあったが、どの場合も行間の長さの半分までも灯らなかった。それも、見えたような気がする程度の弱さで、自分が書く文章の場合はほとんど瞬間的にしか持続しなかった。

先日、ユングの『赤の書』の邦訳（創元社刊）を二週間ほどかけて通読し終えた。長年、スイスの銀行に保管されていて、その内容がほとんど知られなかったというのに惹かれて、覗き見的な関心を起こされたのである。四万円もするので、図書館から借り出した。

読んでみて、二十年ぶりの経験をした。行間にしばしば、あの薄い黄緑色の光が灯ったのである。あのころより色は淡く弱く見えた。加齢とともに私の心身が衰えた現われなのだろうか。それとも、ユングと前記のマスターたちとの進化度の差を反映していたのだろうか。

私は『赤の書』を読み進めながら、灯りが見えたページの箇所をメモしていった。約百七十ページの本文全体で二十箇所以上あった。

本文はページを縦に二分して活字を横に組んであったが、灯りが現われたのは、ページの右半分がほとんどだった。左半分に現われたのは、全体の二割程度だった。この偏りは、私が左脳をもっぱら使って読んだためのように思われる。脳だけの問題ではむろんないのだが、脳はそのように働いたということなのだろう。

灯りは、四十ページ近くもあるシャムダサーニの序論にも二箇所現われたが、この説明は容易だと思われる。一箇所はユングとダダイストたちの交流を述べた箇所で、トリスタン・ツァラの名前が出てきたとき、私は自分の関心が強化されるのを感じるとともに、そこの行間に淡い黄緑色の光が見えてきたのを認めた。ツァラは、ベケットの「ゴドーを待ちながら」(白水社刊『ベケット戯曲全集1』)を認めた一人だった。

もう一箇所は、自分が見た夢やヴィジョンが自分にではなくヨーロッパに起ころうとしている現われとユングが考えたという箇所で、それはつい数ヶ月前、私自身が見たヴィジョン——事が起きた二日後にあれは予知的なものだったと知ることになったヴィジョンをすぐさま連想させたからである。東日本大震災である。私はそのヴィジョンを震災の二、三日前に、間接的なかたちで見た。これについては「北山崎、大震災、原発」で書いたが。

『赤の書』の脚注は約七百五十あった。そのうち十五箇所くらいの灯りがあり、一箇所はエラスムスからの引用で占められていたが、残り十四箇所は全部、ユング自身の、草稿や他の著述の文章が引用されていた。

脚注は、本文への集中への邪魔になるので、おおむね本文読了後に読んだ。脚注99を読んでいるとき、面白い現象を目にした。ユングの草稿から引用した二行ほどの短い脚注だったが、そこを読むと灯りが生じたとともに、上下左右、三、四センチ平方の範囲にじわじわひろがっていくのが見えたのである。

本文での灯りはたいてい、ページ面積の二割くらいのひろがりがあったので、右半分上とか右半分中とかいうふうに書き分けていた。二十年以上前に行間に見えた灯りは、二、三行の範囲だったが、『赤の書』の場合はたいてい十行かそれ以上にわたった。このちがいをはっきりと意識するようになったのは、『赤の書』を脚注を含めて読み終えてからだった。私はここ数年、加齢につれて超感覚的な感受性が強くなったと思っているが、それと関係があるのだろうか。

脚注209での灯りも書き留めておきたい。脚注の活字はとても細かく、本文の活字の半分くらいの小ささだったが、脚注209の活字全体はページの半分以上のひろがりを占めていた。邦訳『赤の書』は大判の画集ほどもある偶像崇拝的な大きさなので、脚注209は、普通の本の見開き二ページほどの広さがあった。この脚注を読みはじめてほどなく、脚注全体に淡い黄緑色の夜光のような灯りがひろがった。水平な行間だけでなく、句点と次の活字との字間、読点と次の活字との字間に灯りは及んでいて、それらは稲光のようなギザギザ模様をあちこちで呈し、全体の活字の背景が、淡い黄緑色の灯りとなっていて、なかなか壮麗な眺めだった。ユングにとっての神だった、オルフェウス教のファネスに関する記述だった。やがて、ユングはファネスを、光り輝くもの、美と光の神と述べているという註の文章が読まれた。

『赤の書』の場合の灯りも、霊的レヴェルとの何らかのつながりが生じていたからだと思われる。だが、それがどんな、あるいは何とのつながりだったのか、知りたいとはとくに思わない。

ある脚注にはユングの、キリスト教はキリストより強くなってはいけないという言が引用されていた。同様に、ユング財団はユングより強くなってはいけないだろう。『赤の書』の翻訳本の大型でひどく持ち重りのする体裁は、ユング財団をユングより強くするほうに肩入れしているのではないか。本はたいてい寝転んで読む私にとって、何と読みにくかったことか。

『赤の書』の中身についても少し書き留めておこう。自分が成し遂げたことから誰も洞察を得られないという考えをユングは苦痛とともに書いていたことを脚注（第二の書の第四章）で知った。その言葉はよく頷けるものだったが、ユングはこの言葉を『赤の書』には入れなかった。入れれば『赤の書』は別様に書かねばならなかっただろうが、この言葉は、『赤の書』の出版をユングが逡巡しつづけたことと切り離せないだろう。それは、ユング自身が本文中で書いていた、人は自分の、自分だけの道を進んでいかねばならないという言葉と共鳴する言葉でもある。犀の角のようにただ一人歩めとの、仏陀の言葉のように。シャムダサーニは、出版へのユングの逡巡を『赤の書』の未完成に帰していたが、そんなはずはないと思う。ユングは『赤の書』を作品として書いたわけではなかったから。

右の文章を書き終えたのは、『赤の書』を読んで一週間ほどあとだったが、ちょっと面白いことがあった。

右のパラグラフを書いたあと、ユングの「文学と心理学」(日本教文社刊)『現代人のたましい』を読むと、ライダー・ハガードの小説『洞窟の女王』への言及があった。『洞窟の女王』の文庫本(東京創元社刊)は、何年か前、数十ページ読んで放り出したままになっていたのが書斎の本棚にあった。寝に就く前のふとんのなかであらためて最初から読んでみた。そのうち眠くなって読みやめたのがちょうど、何年か前に放り出したあたりのページだった。

翌日、つづきを読んだが、三分の一くらい読むとまた以前のように退屈感にとらわれ、放り出した。翌々日、翻訳の文章に食傷して折口信夫の飾り気のない語り口を味わいたくなり、「大嘗祭の本義」(中央公論新社刊『古代研究Ⅱ』)などを読み出したが、少し読むとまた『洞窟の女王』に手を伸ばした。余生があるうちに、休み休みでもこの機会に全部読んでおこうという気になったのである。するとそのうち、洞窟の女王が副主人公にこう言明したのである——自分はみずから発見した霊気を摂取することによって二千年のあいだ若さを保ちながら生きつづけている、と。前述したマスターないしマハトマの生化学的な手段による不老延命法がすぐに連想された。

マスターたちからの霊聴によって成立したと言われる書物があり、それを読んでいるとき、行間の空白に黄緑色の光が灯ったことが何度もあった。ユングの『赤の書』を読む間も、それよりも薄弱だったが同類の黄緑色の灯りが生じたと前述した。その際、マスターたちは不老延命法をマスターしているとも述べたが、そのことを書いて一日も経たないうちに不老延命法をマスターしているという洞窟の女王の言明に出合ったわけだった。

文庫本『洞窟の女王』巻末の生田耕作の解説によると、作者ハガードは両親の影響もあって幼時から心霊術実験の会に参加して超自然現象を目にしただけで終わらず、のちのちまで心霊関係の通暁《つうぎょう》者と交際したらしい。それに『洞窟の女王』の序文では、主人公と副主人公は『洞窟の女王』で語られる冒険のあとチベットに向かったと述べているが、言うまでもなくチベットは、マスターたちの居住地と言われるヒマラヤの膝元である。ハガードは洞窟の女王の不老延命のアイデアをマスターたちから得たのだと思う。あるいはそのアイデアは、ハガードが無意識の霊媒的にマスターから吹き込まれた可能性も想像されてくる。

調べてみると、マスターとの交流を表明していたブラヴァツキーがロンドンに定住しはじめたのは一八八四年であり、わずか六週間で書かれたという『洞窟の女王』が刊行されたのは二年後の一八八六年である。ハガードもイギリス国内に住んでいた。

その二年後の一八八八年、ブラヴァツキーは『シークレット・ドクトリン』（神智学協会ニッポン・ロッジ刊）を刊行した。この著作はブラヴァツキーと二人のマスターとの共作と言われている。

『サイ・パワー』

『サイ・パワー』（工作舎刊）という書名がふと頭の中に浮かんできた。二、三十年前、翻訳本を街の書店の書棚から抜き出してパラパラめくってみたが、当時私自身の胎児記憶に意識が占有されていたことが大きかったと思うが、サイ能力にあまり関心がなく、それについての研究・論評にはなおさら関心を引かれなかったので、まもなく書棚に戻したことがあった。著者はチャールズ・タートであることは覚えていた。

そのまま意識を『サイ・パワー』という書名から離そうとして、ちょっと躊躇した。数ヶ月前、コスモス・ライブラリーという、何年かその社のものを読んでいなかった出版社の名前が浮かんできて、インターネットで検索すると、カスタネダの仲間の女性エイブラーの本が出版されたばかりなのを知り、読んでみると、前月に出版した拙著『見えない次元』の内容とシンクロする記述があったのを思い出した。あの場合と同じようなことがあるのかもしれないと思い直し、インターネットの古本で入手した。この『神奇集』をほぼ書き終えていて、『サイ・パワー』とどの程度関連し合っているか知っておこうという思いも生まれていた。

文学作品は別として、昨今私は本を無理に最初の章から通読することはない。最初の章から読んでも、そのあとは関心を引かれた章をアトランダムに読むという通読の仕方をし、そういう読み方を楽しんでいるふしもある。

そういう読み方を『サイ・パワー』の二、三章でしたあと、訳者の井村宏次氏の巻末エッセイを読むと、大正時代の匿名著者の『口よせの術』（竹田英堂刊）という本のなかの、二十七歳の女性の体験談が紹介されていた。ある神社にこもって減食行をつづけた三日目に、目の前に赤い玉が現われ見えたという。女性は赤い玉を「神様」と言っていた。

本書で「赤い玉、青い玉」というのを書いた。知人のSさんが、自宅の窓の外に赤い玉や青い玉が運動するのを目撃した話である。Sさんは、それらの赤い玉や青い玉を、神智学で言うマスターないしマハトマと思ったと言っていた。この二十七歳の女性が赤い玉を「神様」と思ったのと似ている。

『口よせの術』の著者は、たくさんの修行者から聴取した結果として、赤い玉が見えるのは霊的境地の第一歩とみなすに至ったが、修行が進むにつれ、玉の色は赤から青系に、さらに白光に変わっていくとも述べているという。

『口よせの術』からは体験談がもう一つ紹介されていた。三十五歳の男性のやはり減食行中の経験で、赤い玉が最初に三回ほど現われ見えたあと、紫の玉に変わり、さらに緑の玉に変わったとのことである。赤い玉の中には、信仰している神が現われ見えたり、死んだ母親の声などが聞こえてきたそうである。

そのあと訳者井村氏は、『サイ・パワー』の最終章には驚くべき考えがさりげなく述べられていると読者の注意を喚起していた。その言に引かれて最終章を読むと、およそこんな内容のコメントがあった——脳の機能は、少量のPKが注がれることによって発現・維持される。PKとは、タートの言葉を借りれば「人（送念者《エージェント》とよぶことにしよう）が単に望むだけで、物理的な出来事をひきおこさせる現象」のことである。井村氏が指していたのは、この箇所だと思う。

そのうち、二、三十年前私自身に浮かんできた脳機能に関する考えがゆるやかに、最初はぼんやりと浮上してきた。当時その考えを、近所に住んでいた友人Kに告げた記憶も、半日ほど経ってよみがえってきた——脳機能は、自我の本能的な念力によって日常的に発現・維持されるが、その念力量はきわめて微弱なので意識されないだけであり、その程度の超能力は誰しも持っている、という考えだった。タートの見解と一致する。タートは透視も脳機能に関与していると述べているが。

私は自分とタート二人のこの一致で十分に思えるが、タートは、先に引用した彼自身のコメントの正当性について慎重である。〈科学性〉にこだわるのである。私は〈科学性〉にそれほどこだわらない。「北山崎、大震災、原発」で書いたような予知的経験は追試しようもないから〈科学性〉は薄いことになるだろう。だからといって〈科学性〉を得ようとは思わないし、あれを偶然の一致だとも思わない。

かつてNHKテレビで放送された立花隆とコリン・ウィルソンの臨死体験にまつわる短い対談でウィルソンが、ある経験をしたのがたった一人だとしてもその経験の真正さは保証されるという意味のことを言っていたのを思い出す。では、遠く離れた一面識もない二人がそれまでに着想されたことのないような想定をおこなった場合、その想定の真正さもまた保証されないだろうか。

それよりも、次の点に注目したい。『サイ・パワー』の邦訳が出版されたのは、一九八二年十月である。街の書店の書棚から同じ本を手にとって見たのは、出版から何年も経っていなかったときだったと思う。刊行後まもなくか、一、二年後だったかもしれない。脳機能と念力とのつながりの考えをKに話したのは、私自身の胎児記憶の掘り起こしに専心していたさなかの時期で、『サイ・パワー』の邦訳刊行より以前のことなのはほぼまちがいない。私の考えを面白がったKは、雀荘に集まった他のメンバーたちに牌をかき回しながら披露したものだったが、Kが私の近所に住んでいたのは七六年からで、八二年の少なくとも一、二年前には彼は引っ越していた。

自分の胎児記憶に意識が占有されてサイ能力にまで関心が行かなかったあの時期、書店の書棚から『サイ・パワー』を手に取って開いてみたのは、脳機能とPKとのつながりについての考えがそこで述べられているという情報が意識下から伝わっていたからではないだろうか。『サイ・パワー』の著者なら、少なくともその可能性を否定しないだろう。タートは、手にした本を読むことなしにその内容を漠然と把握するようなことが起きる場合、その働きをアウェアネス（気づき）と呼んでいる。

『サイ・パワー』の初版は一九七五年である。私がKに念力が脳機能に関与していると話したのは七六年以降である。だから、私はタートからテレパシー的にその考えを受け取ったという可能性も考えられなくはない。その場合、受信を可能にしたのは、当時私自身の胎児記憶に没入していたことでおのずと整備された、目に見えない次元への受け入れ態勢だったということになるだろう。

それとも、タートと私はシンプルに、同じ時期に同じ着想をしたということだろうか。

予言と嗅覚

インターネットのあるサイトに、「朝日ジャーナル」中の辺見庸の『標なき終わりの未来論』からの引用が載っていた。あの震災・原発事故の数週間前に寄稿され、震災・原発事故の数日後に発売された号中の文章だった。辺見はそこで「すさまじい大地震」や「ひじょうに大きな原発事故があるだろう」と書いていた。三十年以上後の未来を念頭において書かれたらしいから、書き手には近未来の予言という意識はなかっただろうし、予言とみなされるのを書き手は望んでいないらしいとも別のサイトで知った。けれどもあの書きぶりが帯びている〈声〉には、それが放つ強勢には、書き手自身の意識や気づきを超えた位相から来たものが混入しているように感じられた。

その抜粋文章を読んだ一週間ほど後、震災・原発事故の三ヵ月後に出版された辺見のエッセイ集『水の透視画法』（共同通信社刊）を読みはじめた。七十六の掌篇が収録されており、とくに順序にこだわらずに読んでいった。

「くぐつとグンタイアリ」の冒頭は、辺見が遭遇した地下鉄サリン事件の現場被害者の姿の描写で始まっている。私は、かつて読んだ辺見の『自動起床装置』（文藝春秋刊）の印象的な冒頭部分を連想した。何年も前、近所の区立図書館の書架で目に留まって読んだのを思い出す。いつのことだったたか調べてみると、九二年四月だった。発刊は九一年八月だから八ヶ月経っていたことになるが、読んでくれと言わんばかりに新品同様で、ちょうど目の高さくらいの棚にあった。芥川賞作と知っていたが、手擦れがあったりよごれていたりしたら手を伸ばさなかったと思う。

『自動起床装置』で印象的だった冒頭部分は、駅構内をラッシュしてくる降り客が発散するさまざまな物品のにおいを嗅ぎ分ける箇所だった。それは、作者がその四年ほど後に遭遇した地下鉄サリン事件と微妙なシンクロニシティを呈していると思われてきた。

『自動起床装置』のその箇所は、サリン事件と同じく駅構内のラッシュ時の光景である。作者は、将来自分の通勤時に撒《ま》かれてあたりにただようサリンのにおいを無意識に嗅ぎ分けようとしていたように感じられた。その箇所をほぼ二十年ぶりに再読すると、語り手の「ぼく」が嗅ぎ分けていたのは、酒や香水などの当たり前のにおいをはじめとして、大根おろしや修正液や小松菜のおひたしや酸化した血など十数種類ものにおいだった。しかも、ラッシュする人々とすれちがうわずか数秒間である。ユーモアを含ませてあるけれど、ありえない、異常な嗅覚と言うべきだろう。十数種ものにおいの列挙による圧倒性は、何か得体の知れないにおいの圧倒性とつりあっていたと思われる。

あるいは、こう言い換えようか――『標なき終わりの未来論』が帯びていた特別な位相にある〈声〉と同質・同類のものが、何か得体の知れないにおいを『自動起床装置』のあの箇所を通して辺見に伝えようとしていた、と。

「くぐつとグンタイアリ」の冒頭を書いていたとき、辺見の深部では意識的にせよ無意識的にせよ『自動起床装置』のあの冒頭部分との共鳴が生じていたと思われる。

辺見が思っているらしいほど彼自身と予言とのつながりは弱くないという考えは、「くぐつとグンタイアリ」のしばらくあとで読んだ「流砂の夜」で確認できたように思った。

このエッセイは、辺見が夜、爪を切るシーンからはじまっている。辺見は「自分のいる場と時間が流砂のようにずれはじめ、夜爪する躰《からだ》ごとほの暗い斜面をすべりおちていく感覚におちいった」。

私はほどなく、自分が胎児だったころの、よく似た経験＝記憶を連想した。臨月に入ったか入りつつあったころと思うが、永い間、体の周囲にあった水がどこかへ退いていったようで、足元は干潟のようになって環境がかなり変わったと感じた時期だった。眠っていた胎児の私は、暗い胎内で思わず目を覚ました。足元の〈地面〉が流砂のように動いて自分をどこかへ運び去る幻覚に襲われたのである。体は膨大化していたものの子宮内壁に密着するほどではまだなく、両足は内壁に確固と触れていず、内壁は曲面を成していたので、安定感を欠いていた。次の眠りのなかでも同様な流砂的幻覚に見舞われ、おちおち眠っていられなかった。これは幻覚だと繰り返し自分に言い聞かせたが、いまの居場所はかなり傾斜していると感じられ、硬い斜面をズルズルずり落ちていくのを何とか防ごうと緊張を強いられた。

体が子宮内壁に密着するほど成長するまでの間つづいたこの感覚は、ジュリアン・グラックの『シルトの岸辺』（集英社刊）からうかがえると『胎児たちの密儀』で書いたことがある。グラックの場合も流砂が反映表現になっている。

「流砂の夜」の辺見は、手の爪を切っていたのか足の爪を切っていたのかを明記していない。おそらく足の爪だったただろう。夜中に背を丸めたその姿勢は、暗い胎内の胎児的姿勢におのずと近接する。「躰《からだ》」というきわめて特殊な表記の選択にも特別な体感が辺見の意識に寄り添っていたしるしだろう。脳出血と癌におかされた辺見の意識がこの世の埒外の領域に誘引されるとき、生まれる前の経験＝記憶に退行するのは自然なことに思われる。そして、そういう経験＝記憶や感受性の持ち主は、予言の領域からもそれほど隔離されていないと思うのである（後に読んだ掌篇小説集で、辺見は霊的感性があり、睡眠中に体外離脱していたように感じたことも一再ではなかったと知った）。

『水の透視画法』全部を読み終えないうちに、このエッセイ集でも『自動起床装置』の場合と同様、嗅覚の表出が目立つと思った。芳香ではさらさらなく、たいてい否定的に表出されている。キンモクセイのにおいすら辺見には好まれないが、こうした嗅覚の否定性も胎児経験の記憶と関係していると思う。もっと具体的に言うと、出生時の経験に。

陣痛がはじまって子宮組織が分解すると、胎内は強烈な悪臭で充満し、胎児は否応なくそれを嗅ぐことになる。この強烈な感覚経験の記憶は、「二十世紀と胎児記憶」（『生まれる前の記憶ガイド』所収）で述べたように、ベケットや金井美恵子や飯島耕一の作品から直接間接にうかがえる。物書きに限らない一般人の伏在数を考慮すれば、決して稀少ではないと思う。そうそう、乱歩の『影男』（春陽堂刊）（『見えない次元』参照）やル＝グウィンのＳＦ小説『天のろくろ』（ブッキング刊）にも同種の反映がうかがえた。

辺見にとって嗅覚の否定的表出は、心の深部で彼を拘束しつづけている嗅覚的経験＝記憶が帯びている否定性へのガス抜きになっているのではないだろうか。おそらく出生時経験に基部を持つ嗅覚へのもともとからのこだわりが、『自動起床装置』のあの冒頭部分では、透視的＝透嗅的に通勤風景をスキャンし、予知ギリギリ一歩手前のあの知覚的表現に結晶したと言えるのではないだろうか。サリンは無臭ではなかったらしいから、予知は有臭性を嗅ぎ取っていたと言えるのではないか。

「キンモクセイの残香」は、歩行中にどこからかキンモクセイのにおいがしたように思えて立ち止まるシーンからはじまる。けれども、においは現実のことなのか、「記憶のなかの残香なのか」辺見には分からなくなる。そこから辺見の語りは、死が間近になった、彼を産んだ人へと移っていく。記憶のなかの残香かもしれないものと、死に行きつつある、自分を産んだ人との並置。これは相互引力の産物にちがいない。

辺見は東北に行って母親に最終的に会ったときを振り返り、こう結んでいる。待ち合わせたホテルのロビーを去っていく母親の背中を思い出し、「私はあえいで花のにおいを聞こうとする。」「あえいで」も示唆的ではないか（こうして見ると、『闇に学ぶ』（角川書店刊）に所収の「森と言葉」中の、森のなかで煙霧に包まれた視界不良な状況下で「足の裏はまだ生温かな死体の腹でも踏んでいるよう」と形容した淵源には、同じ陣痛開始時の経験＝記憶——胎内から生まれようとしていたとき「生温かな」他者の肉を自分の足が踏んだ経験＝記憶がうごめいていたのではと思われる。同じ辺見の『銀糸の記憶』（角川書店刊）所収の「カブール」にも、同じ経験＝記憶が混入していると思う。戦争のため墓地が畑や道の下にまで拡張せざるをえないアフガニスタンの村落地帯を歩行しながら「土中の死体の腹か手足を踏みつけているような、申しわけのない心地」がしたという箇所である）。

そういえば、辺見は一人住まいで一匹の犬と同居していた。辺見と犬との絆になっているのも嗅覚の親和力にちがいない。

『死後体験』、バシャール、アトランティス

『体外離脱体験』（たま出版刊）という小著が私の書斎の本棚にある。著者は坂本政道で、奥付を見ると、ちょうど十年前の発行になっている。発刊当時、神田神保町の書泉グランデで目に入ってきて、すぐに読んだ。私にも体外離脱体験があったからだった。「連れ」でその一部を書いたように、その体験は子ども時代のことだったが。拙作『水瓶座シンボル』ではより詳細に書いたが、『体外離脱体験』を読んだおかげで、それまで意識化していなかった点があると知ることになった。体外離脱した後の視野が「全体にビリビリした感じで、ちょうど電波障害にあったテレビをみているようだ」とあった。私の場合、独特な肌理《きめ》の粗さが視覚像に行き渡っていて、視覚像自体が呼吸しているかのようにビリビリないしチリチリと絶えず細かく動いていた。『体外離脱体験』の著者はそれを日中に経験していたが、私の場合は寝室で眠っていた深夜だったので、視界の暗さが視覚像のそうした特徴

を気づきにくくさせていたのである。

それから二、三年して同じ著者の『死後体験』（ハート出版刊）を池袋のジュンク堂書店で見かけた。けれどもこの本は意識的に自分から遠ざけた。第一の理由は、表紙を見たとき、ヘミシンクによって死後世界を探訪したものと書いてあったからだった（『死後体験』は、『体外離脱体験』がおそらく校了したころにアメリカのモンロー研究所を数度訪れてヘミシンクをおこなった結果得た経験が主に記述されている）。

ヘミシンクとは、いろいろな音のパターンを聞かせて脳波に影響を与え、意識状態を変える手法である。私はヘミシンクの創始者ロバート・モンローの邦訳本をその数年前に読んでいたが、ほとんどの内容を忘れていた。音に敏感な性質の私は、『死後体験』の著者はモンローよりさらに過激にヘミシンクにのめりこんでいるように思え、拒絶反応を起こしたのである。まるで、『死後体験』を読めば、いやな、聞きたくもない音を聞かされる羽目になるかのように気味悪く思っていた。ヘミシンクのような人工的・器械的な手段を用いることなく他界探訪的なものができないものかという思いもあった。私には、子ども時代に霊的なガイドに導かれて他界巡りをした経験＝記憶があった。前述した子ども時代の体外離脱体験は、その後産的な経験だった。私は他界巡りの経験＝記憶を『死後体験』より十年前に『水瓶座シンボル』中で書いていたが、出版が思うに任せないのに反して『死後体験』のほうは出版されているという、ちょっと面白くない事情も『死後体験』を遠ざける一因になっていた。

しかしこんな否定的な感情や思いとからまりあいながら、それらと別種の自己抑制が微妙に随伴していたとは意識しなかった。意識するようになったのは『死後体験』を読んでみる気になり、実際に読みはじめて幾らもしないうちだった。そのときになって初めて、それまでずっと自己抑制が微妙につづいていたと気づくとともに、その自己抑制が自然と解かれていることに気づいたのである（『死後体験』の存在を知ったのは、発刊からそれほど経っていないときで、その奥付を見ると、平成十五年四月中旬発行とある。読んだのは平成二十三年十月下旬だから、八年半経っていたことになる。自己抑制は八年半つづいたことになる）。

前著『見えない次元』はその半年前に出版していたが、この拙著では、池川明氏監修のＤＶＤ「胎内記憶」で観た現代の子どもたちの記憶が助けになって、私自身の天国での生存状況の一部（天国からこの世への〈出口〉近辺での生存状況）の記憶を想起して書くことができた。つまり、人工的でもなく器械にも頼らない記憶の自然な想起（一種の他界探訪）を私なりに果たせた。その満足感が『死後体験』を読む方向へ持っていったという面はあったかもしれない。しかし『死後体験』を意識から遠ざけた最大の理由は、実際にそれを読んでみて初めて理解できたように思えた。それはおそらく、信憑性の問題に関係している。

私は前々著『脳・胎児記憶・性』や『見えない次元』で、自身の顕著で密なシンクロニシティ体験を述べるとともに、シンクロニシティには霊的存在が関与しているのではとの考えを『見えない次元』で述べた。この考えはじつは、何年か前に観たテレビ番組「オーラの泉」での霊能者江原啓之氏の言に負っている。氏が、偶然というのは霊的存在がコーディネートしているという意味のことを言ったとき、それまでシンクロニシティに関して抱いていたモヤモヤ感が晴れるように思った。ジョン・C・リリーは、シンクロニシティは地球外宇宙のオフィスによってコントロールされていると述べているが、地球外宇宙を不可視宇宙とみなせば、リリーの言とも通じ合うと思った（そしてシンクロニシティには霊的存在が関与しているのではと書くと、あたかもその妥当性を知らせるかのように、シンクロニシティ現象は私に対して即応的に増加・増幅した）。

『死後体験』は、不可視の高次世界のこんなセンターについて述べている。リリーの言葉で言えばコントロール・オフィスのような組織である――「すべての人間の願いや意思を実現すべく、これから起こるすべての事象のタイミングを、常にアレンジしている。これを担当する知的存在たちは、その意識のなかに、担当領域内のすべての人間の思いや行動を把握すると同時に、すべての事象を把握する能力を持つ。」

もし私が『見えない次元』を書く前に『死後体験』を読んだなら、シンクロニシティに関してまだ定まっていなかった私の考えと意識は『死後体験』中のこの記述に巻き込まれ、かたちを成すことなく終わっただろう。しかし『死後体験』に対する自己抑制を保ちつつ私は『見えない次元』を書き、それによって『死後体験』中のこの記述と『見えない次元』中のシンクロニシティの記述はそれぞれ独立して存在できることになった。それだけにとどまらず、両方の著者がお互いの記述内容を知らないでいながら記述内容が一致することによって、両方の記述内容の信憑性が高められたのではないだろうか。

　すると、そもそも『死後体験』に対する私の自己抑制は、高次世界のセンターから発した示唆ないし刺激に発していたと考えていいだろうか。それとも、あの自己抑制は『死後体験』の内容を無意識の底で予知していた純粋に私だけの自己抑制だっただろうか。

『死後体験』にはまた、地上の特定の場所に意識が縛られつづけてそこを離れられない死者を、普通に転生できる界へ救出する様子が語られている。この本の「守護天使」では、私自身の実際の体験から、同じ種類の救出劇を想像して書いた。もし「守護天使」を書く前に『死後体験』を読んだなら、この場合も私の考えと意識は『死後体験』中の該当の箇所に巻き込まれ、少なくともいまあるような「守護天使」のかたちにはならなかっただろう。しかしそうはならず、結果的にこの場合も『死後体験』と「守護天使」両方の独立性が保たれながら、両方の著者がお互いの記述内容を知らないでいながら記述内容が一致することによって、両方の記述内容の信憑性が高められたのではないだろうか。

「守護天使」では、守護天使ないし守護霊的な存在について書いた。この存在の信憑性も高まることになったのではないか。そして、先述した『死後体験』への私の自己抑制にこの守護霊的存在が関知していなかったとは考えにくいだろう。あの自己抑制はまず、守護霊的存在によって示唆されたと想像される。そしてこの存在が、私より容易に高次世界のセンターに接触できるのは充分考えられることである。

付け加えておけば、『死後体験』の存在を知ったころ、著者に対して反発したり気味悪く思ったりしたのには、意図的な体外離脱へのおそれも伴っていた。このおそれには、先にちょっと触れた、子ども時代の体外離脱体験がたぶん関係していた。その体験では、夜眠っている間に自然と体外離脱していて、そうなるのを歓迎狂喜したが、幾夜にもわたってそれをつづけるうちに、もう二度と肉体に戻れなくなってしまうかもしれないというおそれが起き、あわてて肉体に戻った。おそらくそのために、以後、体外離脱は起きなくなった。体外離脱状態から肉体に復帰する直前に起きたあのおそれが、意図的な体外離脱というものへのおそれになったのだと思う。

もっとも、おそれていたのは意図的な体外離脱であり、無意識に自然と起こる体外離脱までおそれたわけではなかった。夜間の無意識的な体外離脱は、二十代後半ころだったが、『脳・胎児記憶・性』で書いたように、自然に起きていたふしが何度となくあった。この本の「空き地の夢」の経験も同じ部類だろう。

『死後体験』で著者は、ヘミシンクによって体外離脱したとき、金色に輝く直径一メートルほどの透明な玉を見て、ガイドではないかと思う。後のヘミシンクでもう一度あのガイドに会いたいと思うと、しばらくして無色透明の玉が現われる。あとでモンロー研究所の所員から、あの意識レヴェルに現われる存在は人の姿をしているとは限らないと教えられる。私は「赤い玉、青い玉」で書いた、バーバラ・ハリスが見たガス状の玉を連想した。バーバラが見た玉も色が変わった。青から紫へだったが。バーバラはそのとき眠りから覚めたばかりで、しかもどういうわけかほとんど呼吸していなかったというから、体外離脱に近い状態だったと考えられる。
『死後体験』には、人間を棒磁石にたとえていた箇所もあった。私はオウム真理教事件があった年に出版された拙著『胎児の記憶』で、同じく人間を棒磁石にたとえたことがあったのを思い出した（「直観について」）。

右の最後の文章を書斎で書き終えたとき、カシャッと小さな音がして、天井に取り付けてある蛍光灯の明かりが消えた。停電か、ブレーカーが落ちたのかと思った。パソコン画面はオンのままだったが、充電分でバックアップされている可能性はあった。そばの電気スタンドは点いており、電気ゴタツの暖かさにも変わりはなかった。蛍光管が切れたのかと思い、蛍光灯のヒモを引っ張ってみると、元通りに点灯した。
右に書いた内容の妥当性を知らせる霊的存在からのサインのように思えてきたが、どうだろうか。

ところで、『死後体験』を読む一ヶ月半前の九月半ば、私は『足と手、ミノタウロスと出生経験』という六千五百字ほどの文章を書いた。これは、季刊誌「マタニティ・ヨーガ通信」に翌月に掲載されるはずの『モロイとシンデレラ』の続篇に当たるものだったので、「マタニティ・ヨーガ通信」が翌月届いたら、次号に掲載してもらうため郵送するつもりでいた。ところが九月下旬に同誌の森田氏から、『モロイとシンデレラ』の掲載は他の原稿の都合で一月号に延期されるとのハガキが届いた。すると『足と手、ミノタウロスと出生経験』は、掲載されるとしても次々号まで延期されることになった。けれどもしばらくして、この延期はむしろ有益に結果するような予感がしてきた。そういう意味のことを告げ知らせる〈声〉もしばらくあとで聞こえた。

それから一ヶ月あまり後、『死後体験』を読んだ一週間後だったが、『バシャール×坂本政道』（ヴォイス刊）という本を読みはじめた。バシャールというのは、ダリル・アンカがチャネリングによって交流する地球外存在で、私はずいぶん以前に区立図書館で最初の邦訳本『バシャール』を目に留めて読んだことがあった。調べてみると、九一年二月のことだった。ちょうど二十年前のことになる。通読してバシャールという存在を疑わしいとは思わなかったし、皮肉や反発からではなく御説ごもっともだとも思い、私たちより高度に発達した存在である感じも伝わってきたが、自分の道を進んでいた私は、それ以上バシャールに深入りしようと思わなかった。ただ、それから何年か経って、あのあと翻訳出版された他のバシャール本を図書館か書店で一部立ち読みしたことがあった。ショスタコーヴィチの作品に対する聴き手側の消化力についてとか、出版社と作家の関係についてのコメントを読んだのを覚えている。後者は、出版社に要求されて書きたくもないものを書いてしあわせだろうかという意味内容で、私は心がそれに同調するとともに、微妙に慰安されるのを感じた。その後はバシャールをまったく読まなかった。

さて『足と手、ミノタウロスと出生経験』は、タイトルがほのめかすように前半部と後半部から成っていた。いま書いているこの文章と直接関係するのは後半部で、そのアウトラインだけ大雑把に述べれば、まず、ギリシア神話のミノタウロスの迷宮と出生経験との関連を、私自身の経験＝記憶とユングからの引証によって提示した。そのあと、次の二点を述べた。

第一点は、テーセウスは糸玉を携行し、糸を伸ばしながらミノタウロスの棲む迷宮内に入っていくが、それは胎児の身に着いたへその緒の暗喩のように見えるということ。もう一点は、医学的には児頭回旋というのだが、出生時に胎児の頭が子宮口から産道に移動するまで回転しつづける点である。その際胎児の方向感覚は当然失われる。ミノタウロスが棲む迷宮とは、この、方向感覚を失わせる現象の暗喩ではと述べた。ギリシア神話を最初に構想したのは、そういう医学的知識を持っていた存在ではなかったかとも。迷宮を造ったのはダイダロスとされているが、迷宮が子宮のシンボルだとするなら、ダイダロスは子宮やひいては人体（のＤＮＡ）の形成についても知っていたのではとも書いた。『ギリシア神話の世界』（東洋書林刊）のバクストンは、ダイダロスは動く彫像を発明したと述べているから、ダイダロスはロボットも発明したことにもなる。これらの点は、ダイダロスは普通一般的な意味での古代人ではないことを示唆しているように思えるとも書いた。『バシャール×坂本政道』を数十ページ読み進むと、アトランティス時代のことを述べた箇所でミノタウロスという活字が飛び込んできた。アトランティス時代後期のネガティブな人々は人間と動物の雑種を造って奴隷にしようとしたが、そういう遺伝子実験の記憶がミノタウロスなのだとバシャールは言っていた。ダイダロスは人体（のＤＮＡ）の形成を知っていたのではという、一ヶ月あまり前に私が書いた事柄と響き合った。

そういうわけで、バシャールが遺伝子実験にからめて言及したアトランティス文明の要素は、ギリシア神話中にある程度伏流したと考えられる。するとこの考えは、バシャールとプラトンを有効に結びつける補助線になるのである。なぜならプラトンは彼の対話篇『クリティアス』（中央公論社刊『世界の名著7』）で、アトランティスの伝説をかなり詳細に語っているからである。

私は『バシャール×坂本政道』から得たミノタウロスにまつわる情報から考えられるプラトンとの関連を『足と手、ミノタウロスと出生経験』の末尾に加筆し、全体の結びとした。一ヶ月あまり前に予感したことや、〈声〉が告げ知らせたことは的確かつ妥当だったと言えるだろう。

関英男からマゴッチへ

つまり学問は、自分の経験を語る事が一番いいのである。
――折口信夫「座敷小僧の話」（筑摩書房刊『折口信夫集　神の嫁』）

頭が痛くなるというのは、難解な文章や数式に触れたときの慣用的な言い方だが、私はその言い方を実感的に理解できない。しかしそれに近い感じを持ったことは十数年前に一度あった。池袋の芳林堂書店内で平積みされていた薄紫と桃色のツートン・カラーの表紙カヴァーに刷られていた高次元科学というタイトルを見たとき、おそろしく難解な内容が書かれてあるように思われ、頭が痛くなる一歩手前のような感じになった。

その後、同じ書店内でこの本が平積みされているのを二度三度と目にしたが、手に取ってみることもしなかった。『高次元科学』（中央アート出版社刊）と『高次元科学2』（同）の二冊が並んでいたと思うが、平積みされて目に入る何種類かの本のどれもが薄紫と桃色のツートン・カラーの表紙カヴァーだった印象が残っている。『高次元科学』と『高次元科学2』だけが重複的に陳列されていたような気がするが、ともかくそんな視覚的なデモンストレーションや、著者の関英男は工学系の博士と知っていたことがなおさら、難解感を与えたのだと思う。

『高次元科学』の初版が出たのは一九九四年である。ちょうどその年、私は文京区へ隣の区から引っ越した。自宅アパートからアルバイト先への自転車通勤の行き帰りに排気ガスを避けて必ず通る場所があった。自宅から三、四分の裏通りだった。途中の道筋から少し引っ込んだ角に小さな倉庫があった。ある日、その前を歩いて通ったとき、中央アート出版社という看板の字が目に入ってきた。池袋の芳林堂で見た、薄紫と桃色のツートン・カラーの表紙カヴァーの本の版元だとすぐ思い出した。『高次元科学2』が出たのは一九九六年である。だから池袋の芳林堂でその本と『高次元科学』を見たのは一九九六年以降だったろう。あの倉庫の近所に引っ越してから二年後以降のことになる。あの倉庫が『高次元科学』の版元のものと気づいたのは、それからさらに二、三年か経っていた。その間ずっとまったくそのことに気づくことなく何百回もその倉庫のそばを通っていたことに、私は呆然とした。倉庫は急坂の下にあり、アルバイトに行くときは急坂をかなりのスピードで降りたから、その場合倉庫は背後に位置することになったし、帰りは夜が更けてからだったから、正面方向にあっても暗さにまぎれて目に入りにくかったので、気づかなかったのは無理もないことだったが。看板の字に気づいたのは、アルバイトと関係のない日時にたまたま通ったときだった。

けれども、そういう地勢的・時刻的な条件を理解したあとでも、何か消化しきれないものがあるのが感じられた。微妙に粘着的な何かの関係性が自分とその場とをつないでいる感じだった。少なくともそれは倉庫それ自体との関係性ではないとは感じられたが、それ以上のことは把握できなかった。悩ましく思いながら、忘れることにした。

『高次元科学』を読んだのは、それから少なくとも十年以上あとのことになる。十一月下旬のことで、『バシャール×坂本政道』を読み終えた三週間後だった。読むきっかけになったのは、副題に「気と宇宙意識のサイエンス」とあって、関心をそそられたからだった。かつて池袋の芳林堂で見たときにはその副題から関心を引かれず、目に入らなかったも同然だったが、数年前から、特別な努力をしたわけではなかったが他の人に気を施すことが自然とできるようになっていた。そのことが『高次元科学』に手を伸ばす直接の誘因になっていた。

『高次元科学』を読みはじめると、目に見えない脳という言葉が頻出していた。『高次元科学』の出版から三年後、私は『複脳体験』を出したが、複脳とは目に見えない次元の脳の存在を意識しての命名だったから、同類の言葉だった。私の方は、神智学系の『寺院の教え』という文献で、脳があるのなら目に見えない脳もあるはずだという文章を読んだことに負っていたのだが。

それより何より、興味深い事実があった。『高次元科学』の著者は中川雅仁という人について多くのページを割いていた。中川氏は気の達人だったが、私はこの人と間接的なつながりがあった。『高次元科学』が出版された同じ年の晩秋か初冬、ジャーナリストの平野勝巳さんから主として私自身の胎児記憶に関してインタビューを受けた。あとにも先にもないことにインタビューは二度にわたったが、その記事が翌年、雑誌「月刊ハイゲンキ」(さわやか出版社刊)に二ヶ月にわたって連載された。この雑誌の主宰者が中川氏だった。だから、一九九四年という年に三つの事象が同時的に生じていたことになる。①『高次元科学』が出版され、②『高次元科学』中で気の達人として紹介されている中川氏が主宰していた雑誌用のインタビューを私は受け、③『高次元科学』の版元の倉庫の近所に私は引っ越してきて、週に往復何度も自転車でその前を通るようになったわけである。あの倉庫には『高次元科学』もあったにちがいない。

以上は時間的なシンクロ現象だが、空間的なシンクロ現象もあった。池袋駅東口の喫茶店での平野さんのインタビューが終わると、私の写真を撮りたいのでどこか公園のような場所がないかと言われ、数十メートルしか離れていない公園に誘った。昨今ほど多くなかったホームレスがちらほらしており、お世辞にもきれいな公園ではなかったので、私の無頓着に困惑したような、硬化したような空気が後ろの平野さんから伝わってきた。その公園は線路に沿っていて、線路をはさんだ向い側に、中川氏が主宰するクリニックのあるビルが立っていたとあとで気づいた。

何年もの間そばを通っていながら、あの倉庫が『高次元科学』の版元の倉庫とやっと知ったとき、微妙に粘着的な何かの関係性が自分とその場をつないでいる感じになったという点。時として〈声〉が聞こえたり雰囲気を感じたりできるようになったいまだから言えるのだが、あれはおそらく、あのとき私の間近に臨在していた霊的存在からの通信を、当時の私の感度の鈍さに相応して受けとめた結果だったと思う。

ではその通信は具体的にどのようなものだったのか。私と気とのあの時点でのつながりの無さを示唆したり、私が将来気を使えるようになると示唆していたのではと想像される。そしてあの倉庫のそばを何年もの間通りながら『高次元科学』の版元の倉庫と気づかなかったのは、気への気づきが当時の私にまったくなかったことの象徴――気への気づきが私の内部の〈倉庫〉に入ったままだったという象徴になっていたと言える。それとも通信は、気を使える状態になっていると示唆していて、気の能力は既に〈在庫〉していたのだろうか。気を使えるようになったのは、それからおよそ七、八年後のことになる。

あの倉庫の近所に引っ越してきたことや『高次元科学』や中川氏などにからんだシンクロニシティがあの数年前に起きていたことは既に述べた。シンクロニシティには霊的存在が関与しているとは「『死後体験』、バシャール、アトランティス」で述べた。従って、あのシンクロニシティに関与した霊的存在は、『高次元科学』の版元倉庫と知ったとき私に臨在していた霊的存在と同一存在にほかならないか、互いにリンクし合う二つの存在ということになるだろう。

『脳・胎児記憶・性』では、気を使えるようになった当初の経験を書いたが（第一部3章）、『高次元科学』には、それと通じ合う記述があった。私は実家の茶の間で、膝が痛いという母親の膝の少し上から右手をかざすと、そんなものが見えたのはあとにもそのとき一度きりだったが、しばらくして右の手のひらと母親の膝との間の六、七センチの空間をつなげて直径七、八ミリの薄赤いひも状の流体が絶えず細かく揺れながら流動するのが見えた。『高次元科学』には、気の色は本来白だが、病気のときは赤くなるとあった。あの薄赤い色は母親の膝から発していた気が映し出されていたのだろうか。

あの薄赤いひも状の流体は、私の手のひらから母親の膝の方へ運動しているのか、母親の膝から私の手の方へ運動しているのか、見ていたとき判別できなかった。しかし、その内部も微細ながら旺盛に流動しているのは分かり、ひも状の流体は全体として竜巻のようなものとして感じられた。竜巻は螺旋運動の産物だが、『高次元科学』には、右手から出る気は螺旋状に流れると述べてあった。中川氏の右手から出た気の写真でも螺旋が見えていた。そうすると、私の右手からは螺旋状に気が母親の膝に流入していたと同時に、母親の膝の患部から発した赤が鏡のようにそこに映し出されていたということだろうか（左手から出る気は螺旋状ではなく、粒子的だそうである）。

『高次元科学』には、気は、ピラミッドの高さの下から三分の一の高さに集まる性質があるとあった。私は三週間前に読んだ『バシャール×坂本政道』で、バシャールがピラミッドのエネルギーの焦点はピラミッドの下から三分の一の高さにあると言っていたのを思い出した。シンクロニシティ的であり、両者の言説の正しさを示唆していると思った。『高次元科学』は『バシャール×坂本政道』より十五年前に出版されている（そのさらに十数年前に『高次元科学』の著者が出した『サイ科学の全貌』にも同趣旨の記述があるのを後に知った）。

シンクロニシティ的なことはもう一つあった。『バシャール×坂本政道』を読んだ十日ほどあと、私は「気と雑音」を書いた。雑音に対する気の作用を描いた掌篇だった。それから二週間ほどして『高次元科学』を読む気になって県立図書館の蔵書を著者名でネット検索してみると、十二件あったなかに『雑音』（岩波書店刊）という書名があった。一九五四年刊のこの本を県立図書館からの遠隔地サービスで取り寄せてみると、「FM受信機の雑音」という一節があった。「気と雑音」は、FM受信機の雑音がテーマだった。

ところで、十一月二十七日のこと、私への平野さんのインタビュー記事が載った「月刊ハイゲンキ」を書斎の片隅から久しぶりに引っ張り出して開いてみた。それから一時間ほど経っていたろうか、老母が寝具の暖房の具合を見てくれと言うので彼女の寝室に行った。亡父が選んで購入したのだろうが、縦横十数センチのプラスチック製のプレートが暖房マットに付属していた。プレートの右半分は温度調節、左半分には電位治療という知らない調節機能が付いていたが、暖房の役目だけ果たせばよかったから、その機能はオフにした。それから書斎へ戻って電位治療のことをウィキペディアで調べると、腰痛、肩こり、不眠などに効くとあった。老母の腰痛や肩こりは私が気で治せるので、電位治療機能はオフにしておいてよかったわけである。それにウィキペディアでは電位治療の幾つかの副作用の一つとして体にかゆみが出るとあった。どういうわけか体のあちこちがかゆいと老母が訴えていたことがあったが、あれは確か、去年から今年にかけての暖房の季節に重なっていた。だからその意味でも電位治療機能をオフにしてよかったのだろう。

それからほんの数分あとだった。さっき引っ張り出した「月刊ハイゲンキ」の読んでいないと思った記事のページをパラパラめくっていると、電位治療器という語が目に入ってきた。気の原理に基づいて中川氏が考案した気功機器に関する裁判記事で、中川氏が考案した機器は構造上、検察側が言うような電位治療器ではないという文章だった。この電位治療も「気と雑音」と『雑音』の場合のように言葉上のシンクロ現象だったわけである。

そのあと中川氏関連のことでネット・サーフィンしていると、氏が他界したのは一九九五年の十二月と知らされた。還暦手前の享年だった。『高次元科学』が出版されたり、私が『高次元科学』の版元の倉庫の近所に引っ越したり、「月刊ハイゲンキ」の記事用のインタビューを受けたあの一九九四年のほんの一年後だった。(『高次元科学』の著者が他界したのはその六年後の二〇〇一年十二月で、九十六歳だった)。

『高次元科学』からぜひ書き抜いておきたい、著者と中川氏共通の見解がある。自然力ではない原子力が産出した電気の波動は健康上悪く、放射能の波動が家庭に送り込まれているという言葉である。きっとそうにちがいない。インドやその他の国に原子力発電技術を輸出している場合ではない。電位治療の副作用も、原発の悪い波動のせいかもしれないではないか。

その後『高次元科学2』を読むと、著者は宇宙には情報とエネルギーのセンターがあると考えていると言っていた。ジョン・C・リリーや『死後体験』がシンクロニシティに関して述べていたのと同様な考えである。

いまさっき私自身の経験として挙げた電位治療にまつわるシンクロニシティも、そういう情報＝エネルギーセンターのコントロールの所産ではないだろうか。また、そういう考えに私を導いたのも、同じ情報＝エネルギーセンターにほかならないのではないか。つまり、「我思う、ゆえに宇宙情報＝エネルギーセンターあり」ではないだろうか。

付け加えておくと、『高次元科学2』の著者が言っているコントロールとは、コントロールするものとされるものとの間の同調に基づいている。

空飛ぶ円盤の夢を見たことがある。高校時代のことで、わずか数秒の一場面だったが、非常にクリアーな映像だった。臨場感もあった。夢ではなく、寝ている間に体外離脱してそこへ行っていたのだろうか。どこかの山中の、下草が密に生えた樹林中に駐機していた。周囲の何本もの高木の幹に内接する感じに駐機していた。円盤の下部には同じ大きさの白い球体が幾つも付いていて、絶えず色を淡く変えているのが生き物の呼吸のようだった。

その後、円盤を夢でも実際でも見たことはなかった。特別見たいとも思わなかった。テレビのU

FO番組は好きで、よく観ているが。オスカー・マゴッチの『宇宙船操縦記Part1』(明窓出版刊)を読んでみようと思ったのは、関英男が訳本を監修していたからだった。『高次元科学2』を読んだ三週間後のことで、十二月下旬ころだった。

通読して、私自身の経験と共鳴する事柄が幾つかあった。一つは、円盤は有機的に育てられたという点である。これは、いましがた述べた夢(あるいは体外離脱体験)のなかでの円盤下部の球体たちが生き物の呼吸のようだったのと共鳴した。円盤がそのように造られたのは、単なる機械では耐えられない重圧や次元間移動のためと述べられていた。つまり円盤とは有機的な、非―人型のサイボーグのようなものと言えるだろう。別な言い方をすれば、円盤は、その属する次元から離脱旅行するための有機的装置である、と。マスター・モリヤから神智学者へレナ・レーリッヒが霊聴したfar off worldという言葉は、この本で述べられているような世界のことだったのではないか。

第九章は、神智学で言うエーテル体やメンタル体やコーザル体を、神智学のように地上世界の視点からではなく、宇宙的視野から鳥瞰的に説明した箇所が興味深く、よく納得できた。第十章では、かつて胎児となる以前に私が居たある特殊な場と状況に酷似した場と状況をマゴッチは記述していた。

マゴッチは、宇宙の歪んだカオス空間の中心部まで母船で輸送される。母船は幽霊船と呼ばれているが、それはあらゆる種類の有機的な合成物資からできていて、多数の接合部分に柔軟性がある。

カオス空間内の航行に耐えるためである。そのために、ある程度形状も変えられる。この形態的不確定性のゆえに幽霊船と呼ばれている。

カオス空間の中心部まで来ると、母船はカプセルに入ったマゴッチを放出し、彼は特殊な中間状態に置かれる。肉体がなくなったような感覚になり、まったくの暗闇、まったくの沈黙の空間に呑みこまれる。マゴッチは、肉体的感覚のない状態にもかかわらず、自分が存在しており、自己意識もあると知る。この、まったくの暗闇、まったくの沈黙のなかで肉体感覚はないにしても自己意識はある状態は、さっきちょっと言及した私のある特別な経験と酷似している。胎内に入ったあと、胎児の肉体に入り込めないで、肉体の外で過ごした経験である（『明智小五郎の秘密』所収「胎の戸」前後のこと）。

マゴッチはまったくの沈黙と暗闇のなかで意識の眠りと目覚めを繰り返すが、その点も、胎内に在りながら胎児の肉体に入れなかったときの私の場合と同じだった。何日もと思える間、そういう状態がつづいたという点も同じである。だから、マゴッチと私の二種類の中間状態のありさまは、スウェデンボルグが言った万物照応《コレスポンデンス》の例証と言えるように思う。マゴッチの中間状態は、非物質的世界に迎えられるまでのことであり、私のそれは胎児の肉体に入るまでといううちがいはある。しかしマゴッチの場合も、非物質的世界に迎えられたときは肉体を持つようになっているのは同じである（その非物質的世界には川や丘や虹もあるが、それらは思考が固体のように物性化した世界だという。それは、『見えない次元』第一部2章で描写した天国の環境にもあてはまるように思われる）。

マゴッチは前述の中間状態で、「見える」という奇妙な考えをまだ自分が持っていると意識する。胎児の肉体にまだ入れないでいた私も、なんとか、ある小さな形象の本質・本体を見ようとしたことがあった。その結果見えてきたのが、輪廻する主体と神智学で言われるコーザル体（と想定されるもの）だった。その詳細は「『胎の戸』前後のこと」で書いたので繰り返さない。

そうそう、言っておくべきことがまだあった。胎内に在りながら胎児の肉体に合体していなかった私は、当然のことながら外部から胎内に入った。しかし、すぐに入れたわけではなかった。視覚的には捉えられなかったが触知できた壁のようなものが胎全体を堅く取り囲んでいたからである。この壁のような一種のシールドは、私の意識体が二度三度と突き当たるうちに不意に解消され、びっくりするほど何の抵抗も受けずスッと中へ入ることができた。母体の母性が霊感によって本能的に受け入れ態勢を取った結果だったと思う。この現象は、マゴッチの乗った円盤が、透明化した母船の頑丈な壁を通り抜けて母船内に入った経過とよく似ている。母船はそのあと徐々に固体化したとマゴッチは述べていた。

ところで、ジョン・ファウルズに『マゴット』（国書刊行会刊）という非常に面白い長篇小説がある。十数年前に翻訳刊行された。四十代も後半になってからは外国の現代小説は、とくに長篇となると滅多に読むことはなかったのに、発刊後ほどなくして読んだ。中味はまったく知らないまま、タイトルに引かれて読んだのである。そんな動機で読むのもきわめてめずらしいことだった。そしてこの点と、『宇宙性操縦記Ｐａｒｔ１』の巻頭でのマゴッチの言――この本をあなたが手にしたのは偶然ではありません――とは私のなかで結びつく。なぜならファウルズの『マゴット』は、ある特定の宇宙船とその乗員が物語の中核になっていたからである。つまり、マゴットというタイトルを図書館の書架で目にした当時、私の心底ではマゴッチという名前とのテレパシー的共鳴がひそかに起きていて、それが『マゴット』を読ませる動因になったと想像されるのである。ファウルズのものではそれ以前に『魔術師』（河出書房新社刊）を読んでいたが、『マゴット』が別のタイトルだったら読まなかったろう（ファウルズが描いた宇宙船と乗員のイメージの非常な美しさは心に永く残っている）。

それに、マゴット（Ｍａｇｇｏｔ）とマゴッチ（Ｍａｇｏｃｓｉ）の名前の類似は偶然だろうか。両方とも宇宙船が大きく関係しているのは単なる偶然の一致だろうか。それとも、ファウルズはマゴッチを意識してマゴットというタイトルを選択したのだろうか。同じ作家の『魔術師』が神秘性を押し出していたことを考え合わせると、後者の可能性は高いように思える。ｍａｇｇｏｔは、蛆虫《うじむし》(！)とか奇想の意味があるが、それは、マゴッチと類似したタイトル表記を目当てにそれらしい意味を同時に持つ単語を採択した結果のように思える。ファウルズは、いまは故人だが、マゴッチと同様な体験者だったのだろうか。

二十数年前、ベケットに会うためパリに滞在していたある日のことが思い出される。ベケットからの返事が投宿先のホテルに着いて会見の日時が決まると、会見日の翌日に帰国するつもりでいた私は、ド・ゴール空港までの交通経路を念のため確認しておこうと地下鉄のポルト・マイヨー駅まで行った。会見の前日か前々日だったと思う。夕暮れ時だった。地上へ通じるトンネル状の地下道に通行人はほかに誰もいなかった。誰かが後ろから早足で来ると思ったら、私を一、二メートル追い抜いた四、五十代の整髪料でつやつやした黒い短髪の男性は振り向いて、ポルト・マイヨーはこの先かと英語で訊いた。イエスと答えると、ライトグレーの薄いコートを前で掻き合わせているような姿勢でそのままあっというまに姿を消した。物腰全体が洗練されていて、飛び切りの知性を感じさせ、とてもかなわない人物という印象にしばらくの間ひたされ、自然と歩度が落ちた。そんな人物がポルト・マイヨーはこの先かなどと訊くのはバカみたいでそぐわないように思えた。私は立ち止まり、彼が消えた先を茫然と見送った。彼が私に向けた、私のことを知っているかのようにどこかいたずらっぽいようなまなざしの奥底に固定していた深いものに示唆されて、やがてある考えが浮かびかけた。後日はっきりとかたちをとったそれは、彼は私がベケットと会うことを先刻承知していたのではという考えだった。

ひょっとしてあの人物は、マゴッチが書いているような異星人だったのだろうか。

マゴッチは地球人と変わらない姿形の異星人が居ると言っている。その言葉を笑い飛ばす人は、プラトンのたとえのなかの洞窟の奥で開口部に背を向けて暮らしつづける住人たちのようであり、火星人をタコみたいな生物として描いた漫画や映画「エイリアン」などのイメージに手もなく支配されているだけなのかもしれない。

年が明けて一週間後、ティモシー・ワイリーの『イルカとETと天使たち』（明窓出版刊）を読んでいた。マゴッチのことが書かれていると知ったからだった。すると第3章で有益な情報が得られた。ワイリーが公園の上空にUFOを目撃したとき、いつの間にか近くに居た異星人らしき少年は、あれは星の車《スター・カー》だと告げる。星の車《スター・カー》とは何かとワイリーが訊くと、一人乗りの宇宙船という答えが返ってくる。ファウルズの『マゴット』の宇宙船も、マゴッチが乗って操縦した宇宙船も一人乗りだった。シンクロニシティ的と思った。

星の車《スター・カー》の推進力は母船とつながっているとも、少年はワイリーに話していた。

ところで、年が明けたら私はこの本の原稿をある出版社に持ち込むつもりでいた。読んだあとまで保存しておきたい本は少ないし裕福でもないので、半年ほど前からは、買う本の大半はインターネットで中古本を取り寄せていた。マゴッチの『宇宙船操縦記Part1』を読もうと思ったときも中古本にしようと思った。すると、何かしらそれを押しとどめるものが内部で生じた。一、二日保留したが、結局それに従うことにして（まあ、著者と訳者に敬意を表そうか）と自分なりの理由付けをして新本を注文した。

本が届き、開くと、ハガキ大に折りたたまれた版元の出版目録が出てきた。出版目録と横書きで印刷された少し下に、半分くらいの大きさの活字が五、六個横に並んでいて、その活字部分から光とも風ともつかぬ明るみを帯びたものが私の目のほうへヒューと飛ぶように細長く延びてきた。その部分に目を向けると、原稿大募集!!とあった。

私は原稿の持ち込み先をこの出版社に変更することにした。けれども、私の目のほうへ光とも風ともつかぬものがヒューと延びてきただけでは変更しなかったと思う。その光とも風ともつかぬものは、喜びに浮き立ったような感覚を跳ねるように発散していて、吉兆のようなものを感じさせたからだった。なぜそんな現象が起きたかは考えもしなかった。考えても分かるものではなかった。

一月五日の午前中、出版社に電話して持ち込みを打診した。出版の可否はいつごろ分かるか知りたく、その返事をメールで受けてからだったので、原稿をメール送信したのは夜九時を過ぎていた。ティモシー・ワイリーの『イルカとETと天使たち』をネットで注文したのは、いまから思い返すと、その数時間前の夕刻だった。出版社はマゴッチの『宇宙船操縦記Part1』やこの本の持ち込み先と同じだった。(事柄がこの出版社に重なるな……)と思った。

出版目録の原稿募集の活字から私の目のほうにヒューと飛ぶように延びてきた光とも風ともつかぬもの。あれは、プロジェクターから投射された光に似ていた。つまり、目に見えない次元に存在するプロジェクター様のものが原稿募集の活字の箇所に臨時に定位し、私の目のほうへ投射されたと見ることができる。ワイリーの『イルカとETと天使たち』のあの異星人少年が出てきた章では、少年は彼らが使っているマニ粒子通信システムなるものに言及し、それは広大な距離を越えて三次元イメージに変換・投射されるシステムだと述べていた。そしてその基礎となっているのは感情だと述べていた。原稿募集の活字から光とも風ともつかぬものが飛ぶように延びてきたとき伴っていた、喜びに浮き立ったような感じと共振する言葉だった（少年は、マニ粒子通信システムはまだ実験段階にあると言っていた。この少年にワイリーが会ったのは一九八一年で、そのときからこちらの世界は三十年経っていることになる）。

もしマゴッチの『宇宙船操縦記Ｐａｒｔ１』の中古本を注文していたなら、おそらく、出版目録は入っていなかった可能性が高い。新本なら確実に入っている。その意味で、中古本を注文しようと思ったとき押しとどめるものが内部に生じたのは偶然ではなかったと思う。私に好意的な異星人か守護天使の働きかけだったと考えられる。

一月十二日。いつだったかの日中、私の頭部と同じくらいの大きさの温かい球状のものが右の側頭部すれすれに滞留したことがあったのを思い出した。すれすれの部分は球状に感じられたが、それ以外の部分まで球状だったのかまでは分からない。離れた部分は不定形に膜状に薄くひろがっていたような感じもする。数時間、いや半日ほど滞留したと覚えている。（一体これは何なんだ）と思ったが、その日の夜か翌朝には自然と忘れていた。

右の側頭部すれすれに滞留した球状のものは、目に見えない輝きを放ってもいるようだった。温かさは内部にまで満ちているようで、それと一緒にはっきりとした濃密な親愛感を私に放射しつづけた。喜ばしく頬ずりするかのように弾んだときもあった。

伝わってくる親愛感に意識を向けると、それはより強く濃密になった。そのときはっきり感じられたのは、私の知っている親愛感と質ないし色合いをやや異にしているということだった。もともと肉体を維持するための呼吸感や肉感を伴っていなかったのでそんなふうに感じられたにすぎないのかもしれない。生命存在であるとしても、何か根底的に異種なものという感触があった。

それとも、あの球状のものも、原稿募集の活字部分から発した現象がそうと考えられたように投射の産物だったのだろうか。しかし、投射があれほど長時間にわたるだろうか。投射の先端部は球状を呈するものだろうか。

見えない輝きを放ちながら温感を伝えつづけたあの球状のものと、原稿募集の活字にまつわる現象はつながりがあるような気がする。あの球状のものは、原稿募集の活字にまつわる投射現象を私に容易に（ないし確実に）知覚させるための充電的なエネルギー供給体だったという考えはどうだろう。長時間つづいたのも一種の充電だったからのように思える。

では、あの球状体が滞留したのはいつだったのか。はじめのうちは二ヶ月ほど前のことのように思っていた。滞留を感じていたさなか、バシャールを連想し、バシャール本体か彼とリンクしている存在ではと思った。『バシャール×坂本政道』を読んだのは十一月上旬で、中旬にもバシャール本を読んでいたのでその近辺だったように思われた。

しかしそのうち、あの球状体が右の側頭部すれすれに滞留していた間に、その現象と関係があるかのように関英男の半身像が浮かんできたことがあり、そのとき、何日か前に関の本を読み終えていたことも意識に上ってきていたと思い出した。読書ノートを調べると、『高次元科学』を読みはじめたのは十一月二十五日で、その日付を書き記したとき三島由紀夫の命日だと思ったのを思い出した。つづけて『高次元科学2』を読みはじめ、月末に読了している。そのあと一日置いて同じ著者の『サイ科学の全貌』を読みはじめ、二週間後に読了している。だから、あの球状体が滞留したのはそれ以降のことになる。

どうして『サイ科学の全貌』を読むのに二週間もかかったかといえば、最初は興味を引かれた二つの章だけ読んで終わりにするつもりだった。その後辺見庸の『水の透視画法』や二冊の小説集を読んだり「予言と嗅覚」を書いたりするうち、他の章への興味も徐々に湧いてきた。『サイ科学の全貌』は絶版のため県立図書館の遠隔地サービスで借りたが、貸出期間は三週間もあった。それで返却日まで自分に無理強いしない程度に残りの章をときどき読むつもりでいたら、ちょうど二週間で全部読めたのである。読了したのは十二月十六日になっているから、あの球状体の滞留はその日以降になる。マゴッチの本が届き、原稿募集の活字からあの投射的現象が起きたのは、二十三日の昼前だった。だから球状体の滞留はまちがいなく二十二日以前になる。二十二日はベケットの命日で、何かそれにからんだシンクロニシティが起きるかなと午前中から何となく予期していたが、日が暮れかかったころトイレに向かいながら（特別何も起きなかったな……）と思ったから、球状体の滞留は二十一日以前になる。（特別何も起きなかったな……）と思ったとき、球状体の滞留がその日より前の過去のこととしてぼんやりかすめていたように思う。

パソコンの削除済みアイテムを調べてみると、マゴッチの本を注文してほどなく確認のメールがネットショップから返信されたのは二十一日の午後四時十八分になっていた。球状体の滞留はその時間より前ということになるが、ひょっとして注文する間際まで、たとえば四時近くまで滞留しつづけていたのだろうか。

マゴッチの古本を注文しようという思いが内部で押しとどめられたとき、球状体はまだ滞留していなかった。これは確かに言える。中古本から新本に変更して注文するまでに一、二日経過したが、それは十九日から二十一日にかけてになる。だからたぶん、球状体の来訪は二十日か二十一日になると思う。つまり、三週間ちょっと前のことになる。

気がついたことを書き添えておこう。関英男の半身像が浮かんだときの様子である。それは内界の視野の隅から何か気が進まないかのように、様子をうかがうかのようにゆっくりと進入し、半秒ほど途中停止したあと、さらに少し進入してから定位した。普通、何かの像が浮かぶ場合、一瞬のうちに浮かぶか、知らないうちに浮かぶかである。私には、関の半身像をあのようにゆっくりと移動させる芸当などできない。その芸当のおかげで、球状体の滞留は大体何日ころだったか絞り込めたのである。明らかに関の半身像は、外部から来たのであり、その点で球状体と共通している。両者はやはりリンクしていたのだろう。

言い忘れたが、関の半身像は、写真のように四角く明確にトリミングされていた。そんな像を知覚できたのも球状体が滞留していたからだったと思う。

八題噺　　あとがきにかえて

以下は、メアリー・スパロウダンサーの『光のラブソング』(明窓出版刊)をめぐっての八題噺である。

その一。池田邦吉の『光のシャワー』(明窓出版刊)を読んでいると、『光のラブソング』の第四章からの抜粋があり、「光の球体の中に、一人の男が立っていたのだ。」(藤田なほみ訳)という引用があった。胸の中で軽い衝撃が起きた。この本に所収の「前世の記憶」でも、光の球体の中に一人の男性が立っているのを見た私自身の経験を書いていたからだった。三十年以上前のことであり、それを見たのは夢の中でだったが。

その二。その夢で光の球体の中に立っていた男は、『光のラブソング』の男と外見は異なっており、私のほうは白髪で、たぶん高齢者だった。しかし光の球の中に立った男という共通点は『光のラブソング』を読んでみる気にさせた。第二章に読み進んでまもなく、著者の娘エミリーが自宅の玄関先でセミの声をバックに歌を歌っていると、セミの声がパタリとしなくなったというのを読んで(おや⁉)と思った。この本の「セミの声」で書いた、セミの声が轟音のように高まった現象を連想した。セミの声のそんな高まりを、目に見えない霊的存在が起こしたものではという推測を「セミの声」で書いた。エミリーの場合も、目に見えない存在と会話していたことがあとで判明したと『光のラブソング』では書かれていた。

その三。『光のラブソング』の同じ第二章で著者は前庭に、真夜中にはなかった白い小石がたくさん落ちているのを見つける。次の章では、前庭で見つけて大切にしていた羽が消えてなくなるが、その後それは、ついさっきまで何もなかった芝生の上にふたたび現われ、それと一緒に、新たに数十個の白い小石と、その他色々な小物もそこに出現する。私はこの本の「失せ物」で書いた、ミネラル・ウォーターのペットボトルや本やUSBメモリーが消え、その後また現われた一連の出来事を連想した。その出来事には、目に見えない次元の存在が関与していたのではとも書いていた。

その四。そういうわけで、同じ章の次のようなエピソードもシンクロ現象のように思われた――『光のラブソング』の著者が窓の外に見えているものが夫には見えない。この本の「植物のオーラ、人間のオーラ」でも、私には見える色合いが他の人物には見えなかったエピソードを書いていた。「光の球体の中に、一人の男が立っていたのだ。」という前掲の文章は第四章にあった。ここまでの時点ではこの本と『光のラブソング』との間にそれほど特別な結びつきを感じなかった。目に見えない次元に親和的な個人同士は似たような経験をするものであり、結果として両者はシンクロ的なハーモニーを醸成するのだろうと思った。そのハーモニーがどう収束するかなど考えもしなかった。

その五。第五章では、著者が台所にいると、どこからともなく、没薬とスパイスの混じったようなほのかな香りが漂ってくる。この本では書かなかったが、かつて四半世紀も前の一時期に何度か、不意に漂ってきた香りのことを思い出した。いつも銭湯に居たときで、当時銭湯へは、他の客は一人か二人しか居ない早い時間に行っていたが、洗い場でカランを前に腰掛けていると、間近で芳香がしてきた。青リンゴの香りに似ていたが、もっと濃い、嗅いだことのない香りだった。裸で居るので、自分の体から出ているのかと思ったが、見えない何かが間近に居るような感じが強くして周りを見回したときもあった。『光のラブソング』の著者の場合、香りの出所をとらえようと振り向くと、光の球の中に立っていた男が居た。

銭湯でのあの経験は、三十代半ばのことだった。『光のラブソング』の著者の香りの経験は三十代後半である。スパロウダンサーは私より二年ちょっと早く生まれているから、ほぼ同時期だったことになる。これも一つのシンクロ現象か。

その六。第十章では、スズメがメッセンジャーとして挙げられている。この本の「野鳥たち」ではツバメがメッセンジャーになっていた。

その七。『光のラブソング』の巻末付録「ユダの福音書」には、右の側頭葉は受信機の役割をするとも言われるとのコメントがあり、この本の最後の一篇で書いた、右の側頭部すれすれに生じた超常現象をすぐさま連想した。あの超常現象は、右の側頭葉の受信機能とリンクしていたという言い方もできるだろう。そしてあの現象は、次に述べる事柄と密接に関係している。

その八。『光のラブソング』の同じ巻末付録には、光の球の中に立っていた男が『光のラブソング』出版の水先案内をしたと書かれている。この本でも、姿は見えなかったけれど異次元に属するにちがいない存在がこの本の出版の水先案内をしたと書いた。水先案内のことが言及されているのは、『光のラブソング』でもこの本でも本全体のしめくくり近くである。この点もシンクロ現象と言えるだろう。それに、『光のラブソング』の翻訳本の版元はこの本の版元でもあった。

以上で八題噺は終わりだが、八題噺に至った経緯も記しておきたい。

冒頭で述べたように、『光のラブソング』のことは池田邦吉の『光のシャワー』から教えられた。『光のシャワー』はヒーリングがテーマで、私もヒーリングが少しできるのが読む誘因になっていたが、本自体の存在は、同じ池田の『あしたの世界』シリーズを読むうちに知った。その『あしたの世界』シリーズを読むきっかけになったのは、関英男への関心が私のなかで高まっていたところへ、関の人物像が『あしたの世界2』で語られていると知ったことだった。関は、右に言及したこの本への水先案内の件でもかなり重要な役割を占めている。そして池田の『光のシャワー』や『あしたの世界』シリーズの版元は『光のラブソング』やこの本と同じなのである。

ノートを調べてみると、『あしたの世界2』を読みはじめたのは、出版のことで版元に電話した日と同じだった。

池田の『光のシャワー』は、バーバラ・アン・ブレナンの著書にも導いてくれた。池田とブレナンの恩恵は「セミの声」や「遺影」などに反映している。

◎ 著者プロフィール ◎

真名井拓美（まないたくみ）

１９５０年、石川県生まれ。早稲田大学第一文学部文芸科卒。

著作の大半は胎児記憶がテーマ。本書は神奇（不思議）な経験のア・ラ・カルト集。

これまでの著作は以下の通り。＊は私家版（著者ウェブ・サイト参照）。

『見えない次元』（＊）
『脳・胎児記憶・性』（＊）
『明智小五郎の秘密』（＊）
『生まれる前の記憶ガイド』（審美社）
『複脳体験』（たま出版）
『胎児の記憶』（三一書房）
『胎児たちの密儀』（審美社）
『ニミッタ』（審美社）
『ベケットの解読』（審美社）

神奇集《しんきしゅう》

シックスセンス・ファイル

真名井拓美《まないたくみ》

明窓出版

平成二四年七月一日初刷発行

発行者――増本　利博

発行所――明窓出版株式会社

〒一六四―〇〇一二
東京都中野区本町六―二七―一三
電話　（〇三）三三八〇―八三〇三
ＦＡＸ（〇三）三三八〇―六四二四
振替　〇〇一六〇―一―一九二七六六

印刷所――シナノ印刷株式会社

落丁・乱丁はお取り替えいたします。
定価はカバーに表示してあります。

ISBN4-89634-307-6

ホームページ http://meisou.com

光のラブソング

メアリー・スパローダンサー著／藤田なほみ訳

現実《ここ》と夢《向こう》はすでに別世界ではない。
インディアンや「存在」との奇跡的遭遇、そして、9.11事件にも関わるアセンションへのカギとは？

●もしあなたが自分の現実に対する認識に揺さぶりをかけ、新しくも美しい可能性に心を開く準備ができているなら、本書がまさにそうしてくれるだろう！　(キャリア・ミリタリー・レビュー)
●「ラブ・ソング」はそのパワーと詩のような語り口、地球とその生きとし生けるもの全てを癒すための青写真で読者を驚かせるでしょう。生命、愛、そして精神的理解に興味がある人にとって、これは是非読むべき本です。(ルイーズ・ライト：ニューエイジ・ジャーナルの編集主幹)

定価2310円

イルカとETと天使たち

ティモシー・ワイリー著／鈴木美保子訳

「奇跡のコンタクト」の全記録。未知なるものとの遭遇により得られた数々の啓示《アドバイス》は、私たちを圧倒する。

「とても古い宇宙の中の、とても新しい星—地球—。大宇宙で孤立し、隔離されてきたこの長く暗い時代は今、終焉を迎えようとしている。より精妙な次元において起こっているハーモニーが……(本文から)」スピリチュアルな世界が身近に迫り、これからの生き方が見えてくる。

定価1890円

オスカー・マゴッチの宇宙船操縦記 Part1

オスカー・マゴッチ著　石井弘幸訳　関英男監修

ようこそ、ワンダラーよ！

本書は、宇宙人があなたに送る暗号通信である。

サイキアンの宇宙司令官である『コズミック・トラヴェラー』クゥエンティンのリードによりスペース・オデッセイが始まった。魂の本質に存在するガーディアンが導く人間界に、未知の次元と壮大な宇宙展望が開かれる！　そして、『アセンデッド・マスターズ』との交流から、新しい宇宙意識が生まれる……。

私たちはこの旅行記に学び、非人間的なパラダイムを捨てて、愛に溢れた自己開発をしなければなるまい。新しい世界に生き残りたい地球人には必読の旅行記だ。　定価1890円

Part 2

深宇宙の謎を冒険旅行で解き明かす——本書に記録した冒険の主人公である『バズ』・アンドリュース（武術に秀でた、歴史に残るタイプのヒーロー）が選ばれたのは、彼が非常に強力な超能力を持っていたからだ。だが、本書を出版するのは、何よりも、宇宙の謎を自分で解き明かしたいと思っている熱心な人々に読んで頂きたいからである。それでは、この信じ難い深宇宙冒険旅行の秒読みを開始することにしよう…（オスカー・マゴッチ）
頭の中で、遠くからある声が響いてきて、非物質領域に到着したことを教えてくれる。ここでは、目に映るものはすべて、固体化した想念形態に過ぎず、それが現実世界で見覚えのあるイメージとして知覚されているのだという。例の声がこう言う。『秘密の七つの海』に入りつつあるが……（本文から）　定価1995円